Historias de Terror

Historias espantosamente REALES de

Verdadero Terror y Horripilantes asesinatos

Por: **Hannah J Tidy**

Tabla de Contenidos

Introducción

¡Gracias por descargar este libro! Permíteme iniciar nuestra noche de horror diciéndote, mi querido lector, que esta colección de las historias de terror más oscuras NO se trata de una obra de ficción. Desde asesinatos masivos, muertes misteriosas hasta hoteles poseídos y fantasmas de la vida real, te estarás agarrando del borde de tu asiento mientras miras por encima del hombro cuando estés leyendo. Estos son relatos reales, de la vida real, transmitidos verbalmente de generación en generación, escritos en antiguas historias de periódicos de todo el mundo, investigados y documentados objetivamente, y presentados a ti, querido lector, en todas sus nuevas versiones más oscuras e inmaculadas y de gloria angustiada. Desearía poder decir que fueron inventadas, que estas historias variadas de asesinatos en masa, canibalismo, casas con paredes que sangran con sangre humana, asesinatos misteriosos, malvados fantasmas y cosas así, fueron solo un producto de nuestra imaginación colectiva. Pero ese no es el caso. Muchas personas creen en la existencia de fantasmas, seres sobrenaturales y espíritus de más allá de este mundo.

Estas historias solidifican esa afirmación, dando vida a lo inexplicable. Así que mientras lees, recuerda que te advertimos que estas historias contadas a lo largo del tiempo, encontradas en Internet, tomadas de recortes de periódicos viejos y escuchadas de testimonios reales, te harán querer cerrar los ojos ante el horror que es lo inexplicable y desconocido en este mundo. ¿Quién sabe qué se encuentra en los rincones más oscuros de nuestra vida cotidiana? ¿Ya sientes hormigueo en tus brazos y espalda? No olvides mirar por encima del hombro cuando escuches susurros en la noche, ruidos extraños en el ático o tal vez poca presión de agua, lo que podría significar que estás bebiendo agua con olor a cuerpo muerto flotante. Podrías pensar dos veces antes de contestar una llamada de un número restringido o antes de quedarte en un nuevo hotel con salas secretas de tortura construidas dentro de las paredes. Podrías empezar a preguntarte si el diablo es real, si existen demonios y si realmente hay un infierno.

Ven, es hora. Espero que disfrutes el libro, pero no te olvides de mantener las luces encendidas para mantener a raya las sombras. Va a ser una noche larga y oscura.

Capítulo 1:
La Granja Hinterkaifeck

En una tranquila noche del 31 de marzo de 1922, en una pequeña y modesta alquería entre las ciudades bávaras de Ingolstadt y Schrobenhausen (unos 70 km al norte de Munich), se produjo uno de los asesinatos más terroríficos y que misteriosamente no se han resuelto, en Alemania. ¿Era este el trabajo del Diablo o alguien que parecía hacer su mala voluntad? En esa noche silenciosa, una oscuridad diferente descendió sobre la pequeña granja llamada Hinterkaifeck y, trágicamente, no había nadie alrededor esa noche para escuchar los gritos de horror y el sufrimiento agonizante de las víctimas. Los gritos penetrantes sin respuesta en el aire frío de la noche, junto con el ominoso golpe del mattock (o un pico alemán), el impacto fatal sobre la piel y los huesos humanos, cuando el asesino desconocido masacró brutal y sistemáticamente a todos los habitantes uno por uno. Estos fueron los únicos sonidos terribles esa noche en la granja de Hinterkaifeck. Después de eso, un silencio inquietante se sintió los próximos días.

La desdichada familia que vivía en la Granja Hinterkaifeck eran los Grubers; Andreas (63) era agricultor, esposo de Cäzilia (72) y padre de su hija viuda Viktoria Gabriel (35), quien era la propietaria oficial de la granja Hinterkaifeck. Viktoria vivía con su madre y su padre en la granja, junto con sus dos hijos pequeños, Cäzilia (7) y Josef (2). En esa noche terrible y misteriosa, la nueva sirviente, Maria Baumgartner (44), que había llegado a la casa apenas unas horas antes, también fue una desafortunada víctima de la brutal matanza en la granja de Hinterkaifeck.

Se sabía que Andreas Gruber y toda la familia Gruber eran bastante adinerados en el área, pero no eran particularmente apreciados entre la gente del pueblo. La familia vivía a una distancia considerable de las afueras de la ciudad, con la granja escondida silenciosamente dentro del bosque, y los aldeanos los conocían por ser solitarios y mayormente reservados para sí mismos. La casa estaba lejos de sus vecinos más cercanos, pero la vida de la familia Gruber era aún era un tema muy hablado en la ciudad, ya que se sabía que Andreas golpeaba constantemente a su esposa, Cäzilia, y también tuvo una larga historia de brutalidad y maltrato hacia sus propios hijos en el pasado. Viktoria era la única hija sobreviviente del cruel estilo de crianza y castigo de su padre, y ninguno de sus otros hermanos sobrevivieron a las palizas. Pero, en medio de toda esta vieja charla y escándalo, la razón moral que verdaderamente sorprendía a la sensibilidad de la gente del pueblo rural y afectaba su sentir hacia la familia Gruber, era la supuesta relación incestuosa entre Andreas y su única hija, Viktoria. Esta práctica era ilegal, pero desafortunadamente, todavía bastante común en ciudades rurales como la suya. Incluso si un granjero en las cercanías del vecindario, un tal Lorenz Schlittenbauer, admitía oficialmente que él era el padre del joven Josef, eso no era suficiente para sofocar los rumores y las conversaciones silenciosas de que el joven hijo de Viktoria era el fruto incestuoso de la relación ilícita entre Viktoria y su padre. También se decía que Andreas estaba obsesionada con Viktoria, y le prohibió severamente que volviera a casarse después de que ella quedara viuda. Pero, como una verdadera dama de buena cepa, a pesar de toda la charla y el rumor rondando en la ciudad, Viktoria se mantuvo por encima de la refriega maliciosa y a menudo asistía a los servicios de la Iglesia. Incluso se convirtió en integrante activa del coro de la Iglesia para cantar con su hermosa voz.

Después de un tiempo, finalmente fue aceptada en la comunidad y tuvo su propio lugar, a pesar de su origen familiar, debido a su firme devoción a la Iglesia y la asistencia constante al servicio.

De vuelta en la granja de Hinterkaifeck, las cosas comenzaron a tomar un giro lento pero siniestro para lo peor cuando un día, la sirviente del hogar Gruber renunció a su trabajo y solicitó irse casi de inmediato. La criada declaró que ya no quería trabajar en el hogar debido a los extraños sonidos y voces que había estado escuchando, así como a los pasos que hacían eco desde el ático vacío. La criada estaba convencida de que la casa estaba embrujada y de que no estaría a salvo allí más tiempo. Los testigos después declararon que la sirviente estaba pálida y demacrada cuando se fue, con el aspecto de haber pasado noches de puro horror en la granja Hinterkaifeck. Los Grubers no tomaron en serio las historias de la criada e incluso creyeron que ella debió haber estado perturbada mentalmente.

Unos seis meses después, se produjo otra extraña y misteriosa ocurrencia en Hinterkaifeck. Andreas Gruber estaba afuera en la granja haciendo rondas y caminando en el patio delantero cerca del bosque cuando descubrió huellas con formas extrañas en la nieve. Siguió las pistas extrañas hasta que llegó a la casa principal y vio que las huellas conducían directamente a la puerta de su casa. Andreas estaba bastante preocupado en ese momento porque miró por toda la propiedad y no encontró ninguna otra huella que llevara desde la casa hasta el bosque. Pensó frenéticamente entonces, quizás un intruso estaba dentro de la casa, alguien que había venido caminando por el bosque en esta fría noche. Andreas buscó y buscó en vano por toda la casa, pero no encontró personas extrañas en el lugar, sin nada fuera de lugar o perdido. Andreas Gruber se tranquilizó durante la noche, todavía incapaz de descubrir de dónde venían los extraños pasos y quién los había hecho mientras entraba a su casa.

Más tarde esa misma noche, Andreas se despertó con extraños e inexplicables ruidos procedentes del ático. Recordó lo que su criada anterior había dicho sobre los fantasmas en la casa y sobre las voces en el ático. Andreas decidió en ese momento verificar quién hacía los ruidos extraños, pero no encontró nada en el ático. Andreas apenas podía entender lo que estaba sucediendo en ese momento. Sintió que también podría estar perdiendo la cabeza. ¿Cuáles eran estos extraños ruidos y las extrañas huellas que había visto antes, estaban solo en su cabeza? Era como si un intruso hubiera llegado desde el bosque, entró en su casa y simplemente desapareció como si nada.

A la mañana siguiente, los extraños sucesos continuaron con una venganza. Andreas encontró un periódico en el porche que nunca había visto antes, y nadie en su casa lo reconoció.

Más tarde en el día, él caminó por el cobertizo de las herramientas en la parte de atrás y quedó perplejo al ver múltiples arañazos y cortes profundos en la puerta del cobertizo de herramientas, como si alguien estuviera tratando de entrar al cobertizo. En ese momento, la extrañeza de lo que estaba ocurriendo finalmente llegó a Andreas y él habló con sus vecinos más cercanos sobre los extraños sucesos que sucedían en Hinterkaifeck. Los vecinos también compartieron que Andreas les mencionó casualmente que su propio juego de llaves de la casa había desaparecido recientemente. Cariacontecidos, los vecinos relataron a las autoridades después de la masacre, que la pérdida de las llaves coincidía casualmente unos días antes de la tragedia que le sucedió a la familia Gruber.

Lamentablemente, ninguno de estos incidentes fue denunciado a las autoridades antes del ataque salvaje a la ingenua familia.

En el día fatal y trágico del día 31 de marzo de 1922, una nueva criada llamada María Baumgartner (44) estaba en camino a la casa Gruber para comenzar su primer día de trabajo. María nunca sabría que mientras se reportaba alegremente para trabajar ese día, en solo unas pocas horas desde el momento en que pisó el umbral de la maldita granja Hinterkaifeck, sería salvajemente asesinada por estar en el lugar equivocado en el peor momento posible.

Cuatro días después del fatídico día, el 4 de abril, la ausencia de los Gruber fue palpablemente sentida y, finalmente, fue notada en el pueblo cercano, y los habitantes del pueblo estaban empezando a preocuparse por la familia y su nueva criada. La joven hija de Viktoria, Cäzilia, no se presentaba a sus clases en la escuela, y Viktoria no había asistido a la iglesia, algo que no era común en ella. El cartero de la ciudad también notó que el correo de los Gruber tampoco había sido reclamado. Claramente, algo andaba mal; algunos habitantes del pueblo decidieron ir a la granja Gruber para ver cómo estaban y asegurarse de que estuvieran seguros. Cuando el grupo de ciudadanos preocupados tocaron las puertas de los Gruber y los llamaron, nadie respondió. Una búsqueda por la propiedad alrededor de la casa y el bosque cercano tampoco produjo nada más allá de la norma. La gente del pueblo también notó que el aire en la granja de Hinterkaifeck en ese día terrible era obsoleto y misteriosamente silencioso.

El establo era el último edificio en ser revisado. La gente del pueblo abrió la puerta y se encontraron con la vista más horrible que cualquiera de ellos había visto en sus vidas. En el suelo del viejo granero, yaciendo en un truculento charco de su propia sangre coagulada, yacían los cuerpos sin vida de Andreas, su esposa, su hija Viktoria y su pequeña nieta, Cäzilia. Los cuerpos estaban posicionados en el medio del establo y cubiertos de heno. La familia Gruber parecía haber sido atraída sistemáticamente al granero, uno por uno, y atacados brutalmente cuando entraron inocentemente para enfrentar su muerte prematura. Por horrible que fuera la escena en el establo, lo que era aún más dolorosamente evidente para aquellos que fueron testigos en ese terrible día, era la visión de la niña muerta Cäzilia con los mechones de su cabello arrancados de su cuero cabelludo. Solo pudieron deducir que había estado viva el tiempo suficiente después del ataque a ella para que presenciara la escena en el establo, directamente desde el infierno, que se develaba frente a sus ojos inocentes.

Al descubrir los cuerpos en el establo, la gente del pueblo comenzó a buscar frenéticamente a la nueva criada María y al niño Josef, en caso de que todavía estuvieran vivos y necesitaran ayuda. Pero fueron encontrados trágicamente en la granja y sufrieron el mismo destino malvado que los otros, el pequeño Josef acostado sobre su cama en la habitación de Viktoria y la sirviente, María, fue encontrada muerta en su propia habitación. Era obvio que tanto la criada como el niño también habían perdido enormes cantidades de sangre. En ese fatídico y trágico día, todos los presentes confirmaron que los seis miembros de la Granja Hinterkaifeck habían sido brutalmente asesinados a sangre fría.

Las autoridades fueron llamadas de inmediato y, unas horas más tarde, llegaron agentes del departamento de policía de Munich. El inspector Georg Reingruber era el líder del equipo a cargo de la investigación del asesinato. El equipo de policía inicialmente sospechó que el motivo real de los asesinatos de Hinterkaifeck era un robo y procedieron a interrogar a personas de aspecto sospechoso de los pueblos cercanos, así como a transeúntes e incluso mendigos en las cercanías. Pero esa teoría del robo fue descartada cuando una gran suma de dinero fue descubierta fácilmente en la casa durante la investigación y todos los otros objetos de valor de la familia que también permanecieron intactos. Un ladrón habría encontrado esa gran suma de dinero fácilmente y se habría llevado todas las reliquias de la familia si ese hubiese sido el verdadero motivo.

Durante la investigación policial en curso, también se descubrió que unas semanas antes de la noche infernal en Hinterkaifeck, Viktoria había vaciado por completo su cuenta bancaria e incluso había tomado prestados algunos fondos adicionales de su media hermana (Andreas Gruber era el segundo marido de Cäzilia) para usarlo como capital semilla para invertir en su granja. Viktoria también había donado disimuladamente un Marco de Oro 700 en el confesionario de la Iglesia. Cuando el párroco hizo un seguimiento de la cuantiosa cantidad que le correspondía como donante secreta, Viktoria le dijo al sacerdote que se quedara con el dinero "para el trabajo misionero". Durante la investigación, la policía no sabía si estaba relacionado con los asesinatos, pero la cantidad considerable de dinero que se había retirado de la cuenta bancaria de Viktoria nunca más fue contabilizada.

Otra teoría y motivo criminal con el que los investigadores jugaron extensamente era que los asesinatos de Hinterkaifeck fueron hechos como un crimen de pasión. La policía especuló ampliamente que el ardiente pretendiente de Viktoria, un hombre con el nombre de Lorenz Schlittenbauer, tenía un motivo plausible para querer la muerte de la familia Gruber. Se hablaba mucho en la ciudad si Schlittenbauer podía ser el verdadero padre del joven Josef. La mayoría creía que esto no era así y que Josef era el producto de una relación incestuosa entre Viktoria y su propio padre, Andreas. Cuando la policía interrogó a Schlittenbauer, confesó que sabía acerca de la relación ilícita e ilegal de Andreas y Viktoria y que estaba disgustado por eso. El motivo era que esta sórdida relación incestuosa debe haber enfurecido al despechado Schlittenbauer y él tomó represalias matando a toda la familia, incluso a su supuesto hijo, el joven Josef. La policía persistió en el seguimiento de este motivo particular de asesinato que involucraba al sospechoso, pero no pudieron encontrar suficiente evidencia para respaldar este reclamo. Las pistas de la policía estaban convirtiéndose en callejones sin salida y progresivamente comenzaron a enfriarse

Un día después del horrible descubrimiento de los asesinatos en Hinterkaifeck, el 5 de abril de 1922, el médico de la corte, el Dr. Johann Baptist Aumüller, realizó todas las autopsias médicas en el granero de la granja. Se estableció que una herramienta agrícola como un *mattock*, o piqueta alemana, era el arma lógica del homicidio. Cada víctima había sido asesinada de la misma manera, con un único y poderoso golpe con el *mattock* en la cabeza. La forma en que el arma del crimen fue utilizada de esta manera también era muy reveladora y demostró que, aunque el asesino fue muy preciso al matar de un solo golpe, también había una gran cantidad de odio en cada lanzamiento del *mattock* porque las cabezas de las víctimas se habían abierto por completo con el impacto, pero los cuerpos no habían sido tocados. Quienquiera que fuera el asesino, se sentía muy cómodo usando el *mattock*.

Las autopsias mostraron que todas las víctimas murieron al instante, a excepción de la niña y la hija de Viktoria, Cäzilia. La niña aterrorizada sobrevivió horriblemente durante varias horas después del único golpe en la cabeza. Era inimaginable pensar en lo que estaba pasando por la mente de Cäzilia durante esas terribles horas. Cualesquiera que fueran sus pensamientos, fueron lo suficientemente horripilantes como para hacer que se arrancara mechones de su propio cabello de su cuero cabelludo mientras la vida se filtraba de su pobre cuerpo en el piso del granero.

La policía pasó muchos días investigando la escena del crimen, concluyendo que un intruso debe haber encontrado una forma de atraer a Andreas, Cäzilia, su hija Viktoria y la joven Cäzilia al establo, uno a la vez, durante una serie de horas. Se pensaba que las dos primeras víctimas eran Viktoria y su madre, Cäzilia, porque no estaban vestidas con ropa de cama y sus muertes probablemente fueron más temprano en la noche que el resto. El asesino luego se dirigió a la granja para terminar con el niño Josef y la criada María. Cada uno de los cuerpos estaba cubierto con algún tipo de material. Los cuerpos en el establo estaban cubiertos de heno, Josef estaba cubierto con la falda de su madre y la sirviente María estaba cubierta con una sábana. Este extraño espectáculo de cortesía retrasada y falsa modestia para los cadáveres apunta hacia una teoría de que el asesino tenía algún tipo de vínculo emocional o conexión con las víctimas y, al encubrirlas, ocultaba lo que el asesino había hecho.

Otra ocurrencia extraña para agregar a un misterio de asesinato ya intrincado fue lo que los vecinos presenciaron el fin de semana justo después de los asesinatos. Se determinó que la fecha de la muerte fue el 31 de marzo y pasaron cuatro (4) días antes de que alguien descubriera los cuerpos en Hinterkaifeck. Sin embargo, los vecinos afirmaron haber visto humo saliendo de la chimenea en los últimos dos días y todos los animales de la granja estaban bien alimentados, el perro de la familia estaba atado en el granero sin daños y con comida y agua, sin indicación alguna de que habían pasado casi una semana sin comida. La cama en la casa de labranza mostraba señales de que recientemente habían dormido allí; todas estas señales indicaban que después de que las víctimas fueron asesinadas, el asesino se quedó por unos días, sin ser molestado por los cadáveres cubiertos en las cercanías. El asesino había dormido en la casa e incluso cocinado, como el humo de la chimenea que los vecinos afirmaban ver, era una indicación.

A lo largo de los años, la policía ha interrogado a más de 100 sospechosos de asesinato e incluso contratado clarividentes para tratar de descubrir qué pasó realmente en la granja de Hinterkaifeck. Si los ruidos en el ático que la primera criada de los Gruber escuchó antes de irse eran en verdad ruidos del asesino, eso significaba que el asesino ya había estado en el ático por alrededor de 6 meses antes de la verdadera juerga asesina. Luego, justo después de los brutales asesinatos, el asesino habría tenido la audacia de quedarse casi una semana, muy a gusto en la desdichada casa Gruber. El caso se ha reabierto continuamente en 1996, y más recientemente, en 2007. Sin embargo, toda la evidencia siempre termina llevando a callejones sin salida en un caso muy frío.

La granja fue demolida el año después de la tragedia, ya que la gente del pueblo no quería una reliquia restante para recordarles los terribles acontecimientos que tuvieron lugar en la primavera de 1922. Un monumento fue erigido cerca, el único símbolo de los horribles y sangrientos asesinatos que tuvieron lugar en la Granja Hinterkaifeck. Solo los árboles antiguos quedaron en pie en el viejo bosque, las únicas cosas vivas que son testigos mudos de lo que sucedió en esa horrible y espantosa noche.

Capítulo 2:
El Fantasma Silbador

Whistler Haunts Fiancee Of Louisiana Trooper

NEW ORLEANS — (UP) — A macaber whistler is haunting Jacqueline Cadow, 18, the convent-trained fiancee of a Louisiana state trooper.

Too canny for police, the man for months has roamed the night wherever Jacqueline has stayed, warbling a funeral march. No one knows who he is.

But he knows Jacqueline's every move, and is intent on breaking up her romance with Trooper Herbert Belsom, 26, of New Orleans. He has threatened to stick a knife in her before her wedding day.

Jacqueline, who attended the Academy of the Holy Angels in New Orleans until last year, first heard the whistler at her Paradis, La., home in February. As the last notes of a funeral march died, the man broke into a shrill moan, she said.

The Cadow family is at nerve's end.

"We can't get away from him," said Jacqueline's mother. "I don't know when we'll get a peaceful night's sleep."

But Jacqueline said one thing was sure — she will marry Herbert in the Holy Rosary Church at Taft, La., Oct. 7. The whistler has promised to be there.

En 1950, en la pequeña ciudad de Paradis, Louisiana, una presencia fantasma inquietante acechaba y atacaba a una desafortunada residente, causando que casi perdiera la cabeza con la ansiedad y el miedo. Su nombre era Jacqueline Cadow, una adolescente que llevaba una vida normal en su pequeña ciudad de Luisiana, hasta que los silbidos inquietantes de una marcha fúnebre cambiaron su forma de vida para siempre. Todas las extrañas ocurrencias comenzaron con un silbido, con un sonido como el de una grosera "llamada de gatos" usada por niños descarados que querían llamar la atención de las mujeres bien formadas que pasaban cerca de ellos. Pero los silbidos de llamado de gato pronto fueron reemplazados por susurros furtivos, llamadas telefónicas inquietantes y lo peor fue cuando esto se convirtió en una extraña música silbada, escuchada melancólicamente solo en servicios funerarios y marchas. Estos sonidos aterrorizaban a la pobre Jacqueline constantemente, incluso escuchaba los silbidos desde la supuesta privacidad y seguridad de la ventana de su dormitorio por la noche. Pero por más que lo intentara, Jacqueline nunca podría echar un vistazo al Fantasma Silbador que parecía acechar cada uno de sus movimientos. Lamentablemente, como Jacqueline era solo una adolescente a los 18 años, la mayoría de la gente no creía en sus historias de un Fantasma Silbador acosador; algunas personas incluso dijeron que ella solo estaba haciendo esto para llamar la atención.

Jacqueline comenzó a asustarse mucho, especialmente con los extraños ruidos que provenían de la ventana de su dormitorio. Ella llamaría a la policía para que fuera a su casa a investigar sus acusaciones de que un Fantasma Silbador la acechaba, pero la policía nunca podría encontrar personas sospechosas cerca de la casa de Cadow cada vez que respondían a sus llamadas de ayuda. Las afirmaciones de Jacqueline parecían falsas y posiblemente solo existían en su salvaje imaginación. Era como el niño que gritaba lobo, dedujeron las autoridades, y dejaron de acudir cuando Jacqueline pidió ayuda una y otra vez.

Todo eso cambió cuando un día, fue la propia madre de Jacqueline quien escuchó los silbidos fantasmales e incorpóreos. Ella describió a la policía que el sonido siniestro parecía venir directamente desde la ventana de la habitación de Jacqueline. La policía vino nuevamente e investigó las afirmaciones del nuevo testigo porque esta vez, otra persona corroboró la misteriosa historia de Jacqueline sobre el Fantasma Silbador. Pero al igual que antes, la policía no pudo localizar a ningún sospechoso ya que no había nadie en la vecindad que pudiera haber hecho ningún silbido amenazante. No había nada que la policía pudiera hacer, así que se fueron. Pero los silbidos seguían rondando a Jacqueline todos los días.

El Silbador comenzaría silbando canciones funerarias: música espeluznante y sombría, justo fuera de su ventana, que luego estaría acompañada de gemidos bajos y lamentos. Jacqueline hizo todo lo posible por continuar con su vida, a pesar de sus extraños problemas en casa. Y a través de todo este misterioso y turbulento estado de cosas, Jacqueline todavía fue capaz de encontrar el amor y se comprometió con su prometido, el agente estatal Herbert Belsom. Como hombre de la ley, Belsom también investigó al Fantasma Silbador en su capacidad oficial, pero no tuvo suerte con esto, al igual que todas las investigaciones policiales en el pasado.

El compromiso de Jacqueline con el oficial de policía Belsom enfureció a su misterioso pretendiente el Fantasma Silbador. El acoso de silbidos escaló amenazantemente, y el Silbador comenzó a llamar por teléfono a Jacqueline, primero haciendo extraños comentarios sobre el bigote de su prometido y luego gimiendo horriblemente en el receptor del teléfono. El Silbador luego hizo una presión aún mayor en su comportamiento peligrosamente extraño al amenazar a Jacqueline y miembros de su familia, diciendo que los apuñalaría en varias ocasiones, les cortaría la garganta y haría otras amenazas contra su vida. Todo porque ella se comprometió y si el Fantasma Silbador no podía tener a Jacqueline para él, se aseguraría de que nadie disfrutara de ese mismo placer. En repetidas ocasiones le dijo a Jacqueline que no se casara con su prometido, porque si lo hacía, él también la mataría a ella y a su hermano. Durante meses, las amenazas de llamadas telefónicas continuaron y, finalmente, Jacqueline escuchaba silbar música fúnebre desde fuera de su ventana, seguido de gritos que ensangrentaban la sangre.

Jacqueline decidió que, por su propia seguridad y la de su familia, se mudaría, se quedaría en casas de amigos y familiares diferentes, para alejarse del Fantasma Silbador. La situación se había vuelto mucho más grave y la policía volvió a involucrarse. Desafortunadamente, el plan de Jacqueline de mudarse no funcionó y el Silbador la siguió de casa en casa, incluyendo la casa de su tía y la casa de un amigo preocupado, a quien apenas conocía. Todas y cada una de las veces, el Silbador la encontraba y continuaba aterrorizándola.

El periódico local pronto se enteró de lo que le estaba pasando a Jacqueline Cadow y comenzó a cubrir la historia. Hubo muchas historias de periódicos cubriendo el caso del extraño Fantasma Silbador y cómo su amenazante silbido y acecho a Jacqueline lentamente la estaba volviendo loca. Los reporteros del periódico salieron a entrevistar a Jacqueline y en realidad fueron testigos de las llamadas telefónicas y los silbidos fuera de la ventana de su habitación. Cuando salieron para tratar de encontrar quién silbaba, como tantas otras veces, no había nadie allí.

Muchos de los miembros de la familia que vivían en el hogar con Jacqueline, incluyendo su madre y su padre, habían escuchado los silbidos y los gemidos. Testigos de los sonidos decían que los sonidos no eran los que haría un ser humano, sino que sonaban incorpóreos y de otro mundo. Casi como un ser sobrenatural de lo desconocido. En varias ocasiones, hombres que presenciaron los ruidos mientras estaban parados afuera de la ventana de la habitación de Jacqueline, inmediatamente emprendieron una búsqueda rápida del culpable, pero nunca encontraron a nadie.

Jacqueline sufrió un colapso y se desmayó un día cuando ella, su madre, su tía y un periodista del periódico estatal de Nueva Orleans fueron testigos de otro ataque de amenazante del Silbador. La policía estatal y las autoridades locales continuaron con su investigación exhaustiva, pero no se encontró ningún sospechoso. Jacqueline, en ese momento, parecía estar al límite de su paciencia, por lo que fue a quedarse en la casa de sus futuros suegros, los padres de Herbert Belsom. Pero aun así, el Silbador pudo localizarla y la propia madre de Jacqueline recibió una llamada con una voz amenazadora que sonó roncamente en la línea telefónica: "Dile a Jackie que sé que está en la casa de Herbert".

Eventualmente, Jacqueline decidió que tendría que seguir adelante con su vida y casarse con el hombre que amaba y con quien estaba comprometida. No podía seguir viviendo con miedo y seguir escondiéndose toda su vida. En el día de la boda de Jacqueline, con hordas de periodistas locales y reporteros cubriendo el evento, anticipando que el Fantasma Silbador haría su movimiento final en este gran día en la vida de Jacqueline, no pasó nada. De repente, como si nunca hubiera existido, el Silbador desapareció, las llamadas y los ruidos se detuvieron. Y Jacqueline nunca más volvió a saber del Fantasma.

En el departamento del alguacil en la pequeña ciudad estaban avergonzados por la falta de pruebas y por no encontrar al culpable de estas espantosas y amenazantes chantajes todo el tiempo que estuvieron a cargo de la investigación. Después de que las llamadas se detuvieron, la policía emitió un comunicado en el que afirmaba que el "fantasma" era en realidad un "engaño" y que era "un trabajo interno". La familia estaba furiosa, e inmediatamente, el departamento de policía se retractó de su declaración. Más tarde, el departamento del alguacil afirmó que habían resuelto el caso y atrapado al Silbador, pero no quisieron revelar el nombre ni ninguna otra información, por temor a avergonzar a las familias involucradas. Sin embargo, cuando los reporteros y los investigadores intentaron encontrar informes de arrestos o algún indicio de que el Silbador había sido encontrado y detenido por las autoridades, no había registros que mostraran arrestos en ese momento.

Nadie sabe quién era el Silbador, si era algo de otro mundo o simplemente un sociópata que era muy bueno en cubrir sus huellas y poder evadir a los testigos y la policía. ¿Era todo un juego salvaje para el Silbador o simplemente un maníaco obsesivamente enamorado de una chica que nunca lo amaría? Estas son preguntas que se pierden con el viento, pero quizás algún día, un silbido solitario volverá a romper el silencio de la noche para amenazar a otra víctima inocente como Jacqueline Cadow.

Capítulo 3:
La Casa que Sangra

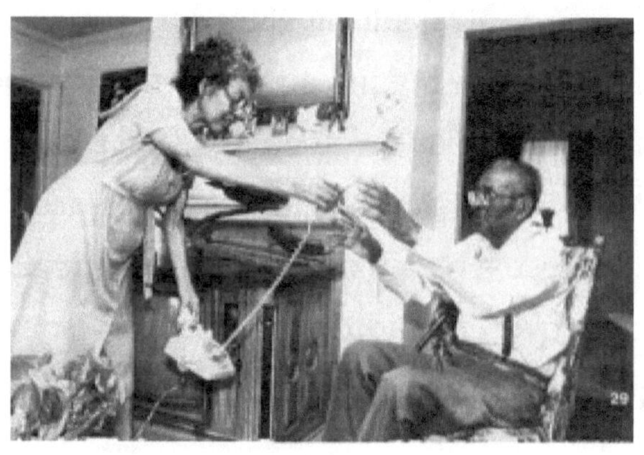

El 8 de septiembre de 1987, el Sr. y la Sra. Winston descubrieron que una gran cantidad de sangre había aparecido repentinamente en cuatro de las seis habitaciones de su casa. Este fenómeno comenzó justo cuando la Sra. Minnie Winston salía de su baño esa noche. Ella se sorprendió al ver sangre por todo el piso del baño. Ella y su esposo William tenían menos de 80 años, por lo que fue instintivo que entrara en pánico al pensar que su esposo podría estar gravemente herido. Al verificarlo, la Sra. Winston encontró a William bastante bien y no estaba sangrando.

Caminaron por la casa asombrados, viendo sangre salpicada en todas partes. Encontraron pozos de sangre en la cocina, en la sala de estar y el dormitorio. Había sangre en las paredes, debajo de algunos de sus electrodomésticos e incluso en el sótano. Los Winston comenzaron a limpiar la sangre lo mejor que pudieron a pesar del volumen, y procedieron a llamar a la policía. El Departamento de Policía de Atlanta fue enviado a investigar. La policía describió la escena como empapada con "copiosas cantidades de sangre". La sangre fue recolectada y analizada por el laboratorio de criminalística para determinar el tipo de sangre, que terminó siendo O positivo. Ni el Sr. ni el tipo de sangre de la Sra. Winston eran O positivos. Obviamente, la sangre no venía de ellos.

La policía continuó la investigación pasando por todos los escenarios posibles. ¿Han tenido invitados recientemente? No, no los tuvieron. ¿Tenían animales en la casa? No había mascotas en la casa. Si bien el régimen de salud del Sr. Winston incluía diálisis en el hogar, ya se había confirmado que la sangre no pertenecía a ninguno de ellos. Todos estaban completamente confundidos. La nación se hizo eco de la noticia. Apareció en programas de entrevistas, informes de noticias y en periódicos de todo el estado. La gente de todo el país estaba especulando sobre la causa de esta sangrienta ocurrencia. Las teorías volaron y la imaginación se disparó. Todo fue propuesto: ¿Era un elaborado engaño? ¿O fueron manifestaciones demoníacas?

Investigaciones posteriores revelaron, curiosamente, que las salpicaduras de sangre encontradas en la casa eran de diferentes patrones. Había sangre que parecía rociada en algunas áreas, como si se tratara de una botella rociadora, mientras que en otras áreas parecía que se había derramado o vertido. Había pequeñas gotas de sangre y grandes vetas en las paredes. Las áreas que parecían estar rociadas en las paredes sugirieron que la botella de spray (o de donde provenía la sangre) apuntaba hacia abajo. En algunos casos, la sangre rociada estaba a muchos pies sobre el piso, lo que indica la altura.

Si bien la casa fue analizada como una escena del crimen, la policía concluyó que no creían que el Sr. y la Sra. Winston fueran sospechosos de ningún delito que ocurriera en su hogar.

Algún tiempo después, un investigador privado, actuando por su propio interés en el caso, decidió ponerse en contacto con los Winston y realizó una entrevista con ellos para tal vez llegar al fondo de este misterio. El investigador también contactó a la policía solo para descubrir que el caso se cerró en menos de seis meses, y el detective que era el investigador original ya no estaba con el departamento de policía.

Tanto descubrió el investigador privado. Mientras que los Winston son una pareja agradable, sin embargo, estaban muy preocupados para discutir acerca de la aparición de la sangre que aparecía en las paredes de su hogar. La Sra. Winston declaró que ella y su esposo habían vivido allí durante 22 años y que nunca habían experimentado incidentes extraños hasta entonces y se agitaban al hablar de ello. Ella afirmó que no se trataba de sangre, sino más bien de óxido y barro mezclados con agua proveniente de una tubería reventada. Ella no parecía convencida por el hecho de que la evidencia había sido probada por la policía y confirmada por el laboratorio criminal como sangre.

La señora Winston dijo que si realmente hubiera sido sangre, entonces no habría podido continuar en la casa. Por lo tanto, no podría ser sangre. Además, negó cualquier ocurrencia extraña que haya sucedido en la casa mientras ella y su esposo habían vivido allí, ignorando así cualquier pregunta relacionada con el hogar, posiblemente siendo el sitio de algún tipo de poder sobrenatural.

Había hechos conocidos de la familia Winston que sugerían un posible motivo para cometer un engaño de esta naturaleza. Los Winston tuvieron acceso a sangre debido a los tratamientos de diálisis de riñón del Sr. Winston. Asimismo, la hija de Winston también tuvo acceso a sangre debido a que trabajaba en un hospital. Hubo un rumor de que sus hijos organizaron el engaño para que el Sr. y la Sra. Winston fueran declarados incompetentes por razones financieras. Otra teoría era que la pareja mayor organizó el evento para generar atención.

Cualesquiera que sean las especulaciones, los Winston continuaron negando que la ocurrencia fuera un engaño hasta su muerte. Aunque este fue un caso muy inquietante y único, esta no es la primera casa que sangra que haya sido documentada en la historia de nuestro mundo y ciertamente no será la última.

Capítulo 4:
La Muerte de Elisa Lam

Elisa Lam era una estudiante canadiense de 21 años que viajó al centro de Los Ángeles, y el 19 de febrero de 2013, fue encontrada muerta dentro del tanque de agua del Hotel Cecil. Ella vino a Los Ángeles para un viaje al que apodó un "Tour de la Costa Oeste" buscando explorar la costa de California, incluyendo San Diego, Los Ángeles, Santa Cruz y San Francisco. Elisa viajaba sola, principalmente en transporte público. Ya había visitado San Diego antes de llegar a Los Ángeles, donde, después de dos días, se registró en el Hotel Cecil, un hotel originalmente construido en la década de 1920.

El Hotel Cecil fue construido inicialmente como un hotel de negocios que cayó en tiempos económicos difíciles durante la Depresión y continuó decayendo. Situado en la zona de Los Ángeles ahora denominada "Skid Row", el hotel está ampliamente asociado con crímenes famosos y controvertidos del siglo 20. Entre ellos se encuentra el macabro caso de Elizabeth Short de 1947, apodado por la prensa como Black Dahlia, posiblemente en referencia a la película oscura de mediados de 1946 "The Blue Dahlia", quien fue encontrada con su cuerpo cortado en dos a la cintura y se había desangrado. Se rumoraba que la vieron por última vez en el Hotel Cecil. Además en 1964, Goldie Osgood, conocida como la Dama Paloma (Pigeon Lay) porque, bueno, amaba alimentar palomas; fue encontrada violada y asesinada en su habitación en el 7mo piso del mismo hotel. Varios asesinos en serie, como Richard Ramirez (también conocido como The Night Stalker) y Jack Unterweger (también conocido como The Vienna Strangler), residieron en el hotel durante sus matanzas. Por no mencionar los muchos suicidios que se han documentado allí.

Elisa documentó sus viajes en un blog que llamó "Ether Fields", que comenzó a mediados de 2010. Además de viajar, publicó en línea sobre la moda y su reciente diagnóstico bipolar. Su familia no hablaba sobre su condición a menudo y tendía a negar la existencia del trastorno. Elisa aparentemente luchó con su condición y buscó un foro para discutir su experiencia. Supuestamente estaba tomando drogas estabilizadoras del estado de ánimo como Wellbutrin, Lamictal, Seroquel y Effexor, y puede haber estado inclinada a tendencias suicidas. Un informe indica que ella había desaparecido previamente antes de su estadía en el Hotel Cecil.

En enero de 2012, publicó en su blog que debido a una recaída reciente, se estaba tomando el semestre en la escuela para viajar a la costa oeste. Cuando partió en su viaje, se aseguró de mantenerse en contacto con sus padres todos los días. Debido a que viajaba sola y debido a su trastorno bipolar, quería asegurarse de que sus padres supieran dónde estaba en todo momento. El 31 de enero de 2013, Elisa tenía que salir de Cecil y continuar su viaje a Santa Cruz. Sin embargo, ese día sus padres no tuvieron noticias suyas; inmediatamente llamaron a la policía de Los Ángeles para informar sobre su desaparición. Después de hablar con la policía, los padres de Elisa abordaron el próximo avión a Los Ángeles.

El personal del hotel la había visto ese día, afirmando que estaba sola, mientras que una dueña de una librería local reveló que había visto a Elisa antes en su tienda. El propietario de la librería dijo que Elisa era extrovertida y "vivaz", y pasó por la librería para comprar regalos para llevar a casa para su familia. Nadie en el hotel la había visto con otra compañía.

La policía registró la habitación del hotel de Elisa y trajo perros para buscar el olor de Elisa en el hotel. Sin embargo, no pudieron encontrarla. La policía no pudo registrar todas las habitaciones del hotel porque no tenían "causa probable" de que realmente se hubiera cometido un delito.

Después de una semana de búsqueda, la policía llevó el caso a nivel nacional, publicando su fotografía en vecindarios y negocios, en periódicos y en línea. Los medios se enteraron de la misteriosa desaparición y, de repente, la desaparición de Elisa Lam era una preocupación nacional.

El 14 de febrero de 2013, dos semanas después de la desaparición de Elisa, el departamento de policía de Los Ángeles lanzó un video de Elisa mostrando la última vez que la vieron en el hotel. En el video, se ve a Elisa subir al ascensor del hotel y manifestar un comportamiento curioso, y también bizarro. Esto es lo que dejó perplejos a los investigadores y al público, lo que llevó a la proposición de numerosas teorías sobre su desaparición.

El video era un clip de cámara de seguridad de dos minutos y medio, que ofrece una vista fija del interior del ascensor y los pasillos justo en frente de donde se abren las puertas del ascensor. Como se puede ver, Elisa primero ingresa al elevador, vistiendo una sudadera con capucha roja y una camiseta gris, luego presiona los botones para varios pisos diferentes y se para en sentido contrario a la pared del elevador. Cuando las puertas no se cierran, Elisa asoma la cabeza fuera del ascensor y mira hacia el pasillo, luego vuelve al ascensor. Ella repite esto varias veces y luego regresa al panel de control y presiona varios botones más, algunos más de una vez. Luego se coloca ambas manos sobre las orejas y camina hacia la pared justo fuera de la cabina del ascensor y se apoya contra la pared; las puertas del ascensor todavía están abiertas. Elisa entonces comienza a frotar sus antebrazos, agitando sus manos e inclinando ligeramente hacia adelante mientras se balancea. Ella todavía está en el pasillo justo en frente de la entrada del elevador, mientras las puertas permanecen abiertas. Retrocede hacia la pared nuevamente, gira hacia la izquierda y sale del marco de la cámara. Después de que ella se aleja, las puertas del ascensor finalmente se cierran.

Este video fue visto una y otra vez, causando que personas de todas las edades especularan sobre lo que Elisa estaba experimentando. En los primeros diez días del video en un sitio de redes sociales, el video recibió tres millones de visitas y 40,000 comentarios. Algunos espectadores declararon que ella había estado poseída, mientras que otros pensaban que estaba jugando el "Elevator Game", que se supone que te ayuda a viajar a otra dimensión. Algunos razonaron que ella simplemente estaba tratando de mover el ascensor porque alguien la estaba persiguiendo, mientras que un experto en lenguaje corporal dijo que ella parecía estar bajo la influencia de la droga éxtasis o algún otro tipo de droga de fiesta. Después de que la verdad sobre su trastorno mental fue descubierta por los medios, muchos llegaron a la conclusión de que Elisa estaba sufriendo un colapso mental y que desconocía su entorno en ese momento.

Mientras que la policía y los padres de Elisa continuaron su búsqueda, los invitados del Cecil comenzaron a quejarse ante la gerencia y el personal del hotel por la poca presión del agua en sus habitaciones. Otros huéspedes del hotel declararon que el agua era de un color extraño y tenía un olor terrible. Los empleados del hotel subieron al techo para inspeccionar los depósitos de agua que bombeaban el suministro de agua de la ciudad al hotel. En ese fatídico día de febrero, dentro de uno de los tanques, se encontró el cuerpo de Elisa Lam flotando boca arriba, a solo un pie debajo de la superficie del agua.

Muchos de los invitados se dieron cuenta de inmediato, repelidos por el hecho de que habían estado bebiendo agua que tenía un cuerpo en descomposición flotando en él durante las últimas dos semanas y media. Los tanques fueron drenados en cuestión de horas, y para el mediodía del 19 de febrero, el día en que se descubrió el cuerpo de Elisa, su cuerpo fue sacado del tanque donde ella flotó, muerta, durante dos semanas. Todo el sistema de agua tuvo que ser drenado, rellenado y drenado nuevamente antes de que el departamento de salud de la ciudad permitiera al hotel usar sus tanques de agua. Un residente de larga duración hizo un comentario inusual a la policía ese día, indicando que una de las habitaciones del nivel superior del hotel se había inundado justo después de la desaparición de Elisa.

Una vez que el cuerpo de Elisa fue retirado del tanque, fue llevada a la oficina del médico forense y se realizó una autopsia. Dos días después de que se encontró su cuerpo, el médico forense indicó que la causa de su muerte fue ahogamiento, y que uno de los principales factores fue su trastorno bipolar. El informe médico fue pospuesto por meses antes de ser lanzado al público. El informe médico también indicaba que el cuerpo de Elisa se encontró completamente desnudo, con su ropa flotando al lado de su cuerpo en el tanque de agua. Las llaves y el reloj de su hotel también se encontraron flotando en el tanque. La ropa encontrada en el tanque era la misma ropa que Elisa llevaba en el video del ascensor del hotel: su sudadera con capucha roja y su camiseta gris. El médico forense también mencionó que su ropa se encontró cubierta con una extraña "partícula de arena".

El cuerpo de Elisa estaba muy descompuesto, sin embargo, no estaba tan deteriorado como para poder determinar que no había sido asaltada sexualmente ni parecía tener ningún signo de trauma físico. Además, ni la policía ni los médicos forenses encontraron ninguna evidencia que sugiera que Elisa se había suicidado. Las pruebas toxicológicas fueron negativas para cualquier tipo de droga ilegal o recreativa, pero mostraron que ella estaba tomando sus medicamentos recetados para bipolaridad.

Aunque los examinadores médicos y la policía pudieron declarar la causa de la muerte de Elisa, no pudieron explicar cómo murió. Un hecho aún más misterioso fue que el tanque de agua, donde se encontró el cuerpo de Elisa, está ubicado en la parte superior del techo del hotel, con puertas y escaleras que siempre estaban cerradas y a las que el personal del hotel no podía acceder fácilmente. Si las puertas y las escaleras hubieran sido forzadas a abrirse, habría sonado una alarma. El único camino hasta el techo, aparte de las puertas y escaleras, era tomar la salida de incendios, la cual habría pasado por alto cualquier alarma o puertas cerradas con llave. La salida de emergencia era oscura, por lo que Elisa debería haber sabido que estaba allí o tenía que haber estado con alguien que sabía que la salida estaba allí.

Además de la dificultad que tuvo que enfrentar Elisa para llegar al techo, el otro problema era la altura de los tanques de agua. Muchos investigadores creen que los tanques de agua eran demasiado altos para que Elisa pudiera entrar sola. El personal del hotel tuvo que usar una escalera solo para mirar dentro del tanque. Los tanques de agua eran cilindros de cemento que se elevaban cinco pies de alto y no había lugar, ni escalera, ni taburete, desde donde ella podría haber anclado sus pies para izarse hacia arriba y por encima.

Hasta el día de hoy, las preguntas y las proposiciones aún perduran. Algunas personas creen que estaba drogada con un cóctel de drogas que no se detectaron, ya que podría haberse descompuesto en el torrente sanguíneo debido al tiempo y el estado en que se encontró su cuerpo. Los médicos forenses tampoco estaban muy convencidos de que la muerte de Elisa fuera simplemente un accidente. En su informe, mencionan evidencia de acumulación subcutánea de sangre en el ano, lo que podría sugerir el abuso sexual. Sin embargo, esto puede explicarse por la hinchazón de su cuerpo por estar suspendida en el tanque de agua durante tanto tiempo.

Tal vez uno de los hechos más extraños de este caso fue la cuenta de Elisa en las redes sociales en "Tumblr". Nunca se encontró el teléfono de Elisa y se puede suponer que fue perdido o robado en el momento de su muerte. Sin embargo, las publicaciones en la cuenta de redes sociales se hicieron después de que ella ya había muerto. Muchos explican que esto podría hacerse a través de la función en Tumblr que permite a un usuario "programar" cuando sus publicaciones se hacen públicas, lo que sugiere que las publicaciones se crearon con mucha anticipación. Otros, sin embargo, han especulado que son publicaciones de su asesino.

La muerte de Elisa sigue siendo un misterio. Mientras tanto, el Hotel Cecil sigue abierto y ofrece servicios a los huéspedes, aunque su nombre ha cambiado desde finales de 2014. Ahora se llama "Stay on Main". Sin embargo, el edificio original que una vez recibió el nombre de Hotel Cecil todavía está abierto para negocios y más misteriosos sucesos.

Capítulo 5:
El Acosador Telefónico

En 2007, un individuo que se hacía llamar "Acosador Telefónico" comenzó a aterrorizar a la familia Kuykendall así como a otras familias ubicadas en el estado de Washington. Las familias afirmaban que sentían que estaban en una película de terror de la vida real. Las llamadas comenzaron de forma aleatoria, y nadie puede explicar realmente cómo o por qué comenzaron.

Esta historia empezó en febrero de 2007, cuando el teléfono celular de Courtney Kuykendall comenzó a enviar mensajes de texto por sí solo, sin la ayuda de Courtney. Estos mensajes de texto recibidos por sus amigos y familiares fueron, al principio, inofensivos. Poco después de que estos mensajes de texto fueron enviados misteriosamente, comenzaron las llamadas telefónicas aterradoras. Una voz áspera al otro lado de la línea aparecía y decía que iba a cortarle la garganta a toda la familia. Estas llamadas estaban sucediendo todos los días, y los Kuykendalls, y la policía estaban desconcertados sobre la procedencia de estas llamadas. Un rastreo de las llamadas los llevó directamente a los propios teléfonos del Kuykendall.

Después de eso, el Acosador Telefónico intensificó sus esfuerzos para aterrorizar a la familia Kuykendall, así como a otras dos familias en el área del estado de Washington. Una teoría que fue propuesta era que el acosador pudo piratear los teléfonos de los miembros de la familia y espiarlos. Los hackers sabían exactamente qué estaban haciendo las familias, qué vestían y dónde estaban. El Acosador Telefónico incluso comenzó a grabar conversaciones privadas, mientras el teléfono estaba *apagado*, y luego se las enviaba a las familias.

Si algún miembro de las familias atacadas no respondía el teléfono, el acosador simplemente dejaría un mensaje. En un mensaje reproducido para ABC News, el acosador afirma: "Sé dónde estás. Se donde vives. Voy a matarte". El acosador también pudo cambiar la configuración de los teléfonos, lo que incluye encenderlos, modificar los tonos de llamada y controlar el volumen. Aún más aterrador, el acosador afirmaba que sabía cuándo los niños se iban a la escuela por la mañana y cuando estaban solos y sin supervisión.

Después de eso, los Kuykendalls instalaron un nuevo sistema de seguridad. Sin embargo, la Sra. Kuykendall recibió una llamada indicando que conocía el nuevo código de seguridad. Un día, mientras la señora Kuykendall estaba cortando naranjas en su cocina, sonó su teléfono y la voz al otro lado del teléfono decía: "Prefiero los limones".

Los Kuykendalls contactaron a la policía, esperando que pudieran ayudar. Pero luego, los Kuykendalls comenzaron a recibir llamadas amenazándolos y diciéndoles que no hablaran con la policía. La familia también recibió la conversación grabada que tuvieron recientemente con el propio detective de policía. Llegó al punto drástico que los Kuykendall consideraban que un día sin una llamada del "Acosador Telefónico" era un buen día.

La policía estaba completamente perpleja. No pudieron rastrear las llamadas a ninguna persona ajena a las familias que estaban siendo afectadas. La mayoría de las llamadas se dirigieron a Courtney Kuykendall, y la mayoría de las llamadas conducían a su teléfono. Aunque la policía nunca consideró a Courtney como sospechosa, muchos miembros de la comunidad creyeron que se trataba de un desesperado reclamo de atención por parte de la adolescente. Incluso después de que la familia cambiara los teléfonos y los números de teléfono dos veces, las llamadas seguían llegando. Esto posiblemente indicaba que quien estaba detrás de las llamadas atroces tuvo acceso físico a los teléfonos para instalar el software de piratería.

Ya sea un miembro de la familia, un acosador obsesionado o incluso un ser sobrenatural con la intención de aterrorizar a Courtney y las otras familias, un hecho es cierto: el "Acosador Telefónico" nunca ha sido atrapado, no se pudo rastrear, y puede muy bien todavía estar afuera, solo esperando el momento hasta la próxima víctima.

Capítulo 6:
Más Que Un Juguete

La mayoría de la gente considera que los tableros Ouija son un poco más que un medio exótico de pasar el tiempo o asustar a un amigo nervioso durante una fiesta de pijamas. Ciertamente pueden ser perdonados por sentirse de esa manera, ya que las tablas Ouija a menudo se compran como juguetes y se perciben como juguetes que algunas personas incluso regalarán a sus hijos sin pensarlo dos veces.

A pesar de todo este despido, otros están aterrados de este medio y creen firmemente que los tableros Ouija no se pueden jugar. Es una creencia común que aquellos que tan descuidadamente intentan contactar al mundo exterior para entretenerse personalmente pueden encontrarse fácilmente en medio de una terrible vorágine de acontecimientos impíos, como la persecución continua por una fuerza invisible o incluso la posesión. Cualesquiera que sean sus sentimientos personales con respecto a ese tablero, ha habido una cantidad de historias y relatos personales que han surgido a lo largo de los años acerca de que las cosas han salido mal y terminan siendo algo más que diversión.

Las experiencias extrañas con los tableros Ouija han sido frecuentemente parte de muchas historias paranormales famosas que involucran fantasmas y posesiones en el pasado, pero también ha habido una plétora de relatos en Internet en los últimos años. Personas de todos los ámbitos de la vida han obtenido más de lo que esperaban simplemente dejando que su morbosa curiosidad los superara. Reddit es un verdadero testimonio de esto con sus innumerables historias enviadas por los usuarios sobre el tema, contadas por personas que aprendieron a no tomar el tema a la ligera, pero que aprendieron por las malas. Sin embargo, más llamativas son las historias del pasado, que se han incrustado profundamente en la cultura y el saber popular.

Tal vez uno de los casos más conocidos es el del desafortunado niño de Maryland al que se le dio el seudónimo de Roland Doe para proteger su identidad después de los terribles acontecimientos que ocurrieron a fines de la década de 1940. Este incidente luego inspiraría la novela titulada "El Exorcista", así como la famosa película del mismo título. Roland tenía solo catorce años cuando su tía le presentó al tablero Ouija. El niño pasó mucho tiempo jugando con su tía y tenía intereses peculiares, como incursionar en lo paranormal. Su tía también estaba involucrada en explorar y practicar cosas similares, mientras que los padres del niño eran conocidos como personas muy religiosas.

Las cosas tomaron un giro horrible después de que la tía de Roland falleciera a principios de 1949, dejando al niño afligido y solo. Según cuenta la historia, Roland decidió intentar contactar a su tía usando el tablero Ouija. En ese momento, ocurrieron extraños sucesos con Roland y su familia, con la mayor parte de la actividad paranormal que aparentemente seguía a donde fuera Roland. Los detalles de estos tormentos fueron documentados por varios autores y diarios de los involucrados, incluyendo a Thomas B. Allen.

La familia pronto comenzó a experimentar ruidos e imágenes inquietantes en su hogar, como marchas y otros ruidos extraños, y elementos del hogar y muebles que se movían sin la interferencia visible de nadie. Algunas fuentes también declararon que estos sucesos inexplicables no se limitaban a la casa, sino que parecían seguir a Roland cuando iba a la escuela. Otras veces, los objetos levitarían o serían arrojados a través de la habitación en cualquier lugar cerca de Roland.

Los padres del niño buscaron apoyo médico y psiquiátrico en un esfuerzo por contener el extraño comportamiento de su hijo, que se volvía cada vez más amenazante y oscuro. No pasó mucho tiempo hasta que la pareja decidió buscar la ayuda de su pastor familiar. Todos estuvieron de acuerdo en que Roland debería pasar una noche en la casa del pastor para una mayor observación y evaluación, ya que el sacerdote quería asegurarse de que la influencia demoníaca fuera real.

Efectivamente, el pastor obtuvo su confirmación muy rápidamente cuando comenzaron a ocurrir sonidos extraños en la noche, como fuertes arañazos y traqueteos desde la cama de Roland. El pastor también informó que los objetos y muebles alrededor de su casa se moverían por sí solos. Independientemente de si el pastor luterano era completamente realista en sus evaluaciones, rápidamente aconsejó a la familia recurrir a un sacerdote católico para obtener más ayuda, aparentemente sintiéndose abrumado.

Poco después, el caso cayó en manos de un sacerdote católico con el nombre de Edward Hughes. Este hombre decidió realizarle un exorcismo a Roland, que se llevaría a cabo en una institución jesuita del Hospital de la Universidad de Georgetown. Roland fue atado a una cama para el ritual, pero rápidamente se hizo evidente que el muchacho poseía una fuerza casi sobrehumana cuando logró liberar una de sus manos después de una lucha bestial. Roland entonces presuntamente arrancó un resorte del colchón y atacó al sacerdote con él, infligiendo una laceración grave en su brazo en el proceso.

Hughes se vio obligado a suspender el ritual de exorcismo por el momento, y la familia se llevó al niño afligido a su casa esa misma noche. Fue entonces, de acuerdo con los miembros de la familia, que las cosas empezaron a ser aún más desconcertantes, a saber: informaron que las palabras "Saint Louis" se materializaron en el pecho del niño, escritas en sangre. Supuestamente, esto fue lo que llevó a la familia a llevar a Roland a Saint Louis y buscar más ayuda del clero católico.

Sus parientes en Saint Louis establecieron contacto con otros dos sacerdotes, Raymond J. Bishop y William S. Bowdern, quienes aceptaron visitar a Roland en su casa y evaluar la situación. Efectivamente, los sacerdotes observaron más de lo que los otros habían visto hasta ahora. La cama de Roland vibraba y temblaba por una fuerza invisible, se arrojaban objetos por el lugar, el niño hablaba con una voz aterradora y parecía albergar un profundo disgusto por cualquier objeto religioso. Los dos sacerdotes rápidamente se convencieron de que un demonio estaba trabajando y habían tomado posesión del pobre muchacho.

Inmediatamente después, los sacerdotes buscaron y recibieron permiso de su arzobispo para realizar un exorcismo a Roland en el Hospital Alexian Brothers en Saint Louis, donde se les unió Walter Halloran, otro sacerdote católico. El número de testigos creció, y los intensos rituales de exorcismo comenzaron a tener lugar en los próximos dos meses.

Lo que sucedió durante estos exorcismos se registró en los diarios de los sacerdotes, pero mucho de lo que se sabe también provino de las numerosas declaraciones y testimonios de Halloran. Según se informa, el muchacho mostró un desafío demoníaco a los muchos intentos de exorcización por parte de los sacerdotes. Escupía y gritaba insultos con una voz infernal a los presentes. Se dijo que su cama se sacudía violentamente y Halloran también testificó que el niño se rompió la nariz en un momento dado. Sin embargo, quizás lo más sorprendente es que Halloran también habló de las palabras que aparecieron en el cuerpo del niño, como "infierno". El diario de Bishop también menciona las marcas y los misteriosos arañazos que aparecen en todo el cuerpo de Roland.

Después de una treintena de intentos en total, los implicados dijeron que el demonio finalmente fue desterrado de Roland y que pasó a vivir una vida tan normal como uno podría esperar de aquellos afligidos por semejante horror.

Debido a la antigüedad de la historia, es posible que algunos de los detalles se hayan perdido con el tiempo y el boca a boca, pero el terrible quid de los acontecimientos ha perdurado hasta el día de hoy. Debido a que la identidad del adolescente estaba protegida, no podemos saber mucho sobre qué fue de él más allá de lo que dijeron los involucrados, pero uno puede esperar que Roland Doe nunca vuelva a jugar con el tablero otra vez. Los registros locales de los rituales son escasos, a pesar de esto, y el hospital de Saint Louis fue demolido más tarde.

Cualesquiera que sean los detalles de esos días y por más confiables que sean los relatos, historias como esta son lo suficientemente numerosas como para que alguien desconfíe de este supuesto juguete. Algunas personas han establecido contacto con el otro lado a través de un tablero Ouija donde todo terminaría tan pronto como el ritual terminara, dejándoles ir a ocuparse de sus asuntos. Sin embargo, a veces, lo que sea que se haya convocado puede que no tenga ganas de regresar a su reino.

Capítulo 7:
Historias de Redditors

Los cuentos y las leyendas históricas y de alto perfil que han dejado una huella en la cultura popular son fascinantes por derecho propio, pero a veces, las historias más terroríficas de horror y lo macabro se pueden encontrar en los foros. Uno de esos foros donde las personas se reúnen para compartir todo tipo de historias e información interesantes es sin duda Reddit. En sus muchos "subreddits", los usuarios han compartido bastantes historias aterradoras de terror personal a lo largo de los años, algunas de las cuales tienen que ver con eventos paranormales o inexplicables, mientras que otras son aterradoras de forma muy terrenal, principalmente debido a la gran posibilidad de ser ciertas. Echaremos un vistazo a algunos de los cuentos más terroríficos que uno puede encontrar.

Una historia bastante espeluznante fue presentada por un usuario que afirmó haber trabajado como operador de servicios de emergencia 911. Un día, recibió una llamada de una señora mayor que buscaba ayuda porque se sentía enferma. El operador reunió la información necesaria y luego hizo todo lo posible por mantener a la mujer en la línea para asegurarse de que no colapsara antes de que llegara la ambulancia. Aún así, la mujer insistió en que tenía que ir al baño, pero le prometió que dejaría la puerta de su casa abierta para la ambulancia.

Finalmente, la anciana colgó el teléfono y se fue, dejando al operador con dudas. Muy pronto, llegó la ambulancia y las cosas cambiaron por lo peculiar. Los técnicos de emergencia en la escena pronto volvieron a ponerse en contacto con el operador, haciendo todo tipo de preguntas extrañas. Querían saber si el operador estaba seguro más allá de toda duda de que era la mujer quien llamaba, solicitando ayuda explícitamente para sí misma.

El operador estaba seguro, pero se sorprendió al escuchar que confirmaron que la mujer estaba en el baño y que llevaba muerta unas doce horas. El incidente dejó perplejo a este usuario de Reddit, preguntándose hasta el día de hoy si alguien más había estado en la casa o si, de hecho, había recibido una llamada de una mujer muerta.

Si bien esta persona estaba muy lejos y a salvo de cualquier circunstancia misteriosa, nuestro siguiente contador de historias no tuvo la misma suerte. Hace unos tres años, esta usuaria presentó una historia de su encuentro personal con el horror que era demasiado real y humano.

Según su historia, ella era solo una niña pequeña de alrededor de cuatro o cinco años de edad en ese momento. Viendo que sus padres estaban separados en ese momento, pasaba tiempo con sus dos padres y, en esta ocasión en particular, se quedó en el departamento de su madre. En esa cálida noche de verano, la niña estaba durmiendo con su madre con una ventana abierta sobre la cama.

Cuando se despertó de repente en medio de la noche, se encontró con la vista inusual de su gato sentado en el marco de la puerta abierta de la habitación de su madre, aparentemente en alerta. La usuaria notó que esto era extraño porque el gato normalmente dormía con ellos en la cama durante toda la noche. A través de la puerta abierta, la niña podía ver su propia habitación al otro lado del estrecho pasillo y su puerta también estaba abierta. En ese momento, el gato se acercó y entró en la habitación de la niña, comenzando a maullar.

La niña se volvió hacia su madre para despertarla y, después de solo un par de segundos, ambas miraron hacia la puerta y vieron a un hombre completamente extraño que abandonaba la habitación de la niña. Su madre reaccionó inmediatamente al arrojar a la niña por la ventana, que no estaba a gran altura en este apartamento del primer piso. Después de que ambas salieron por la ventana, los vecinos llamaron a la policía para que llegara a la escena.

La policía no encontró ninguna señal de que el hombre entrara por la fuerza, ya que la puerta de entrada estaba bien cerrada, a pesar de que la madre de la niña estaba segura de que la había cerrado con llave. Aproximadamente una semana después, su madre encontró un cuaderno desconocido con dibujos y nombres, así como un par de guantes y algunas envolturas de goma en la cocina. Cuando la policía recibió la notificación de estos nuevos hallazgos, concluyeron que el hombre probablemente había ingresado al apartamento antes de la hora de dormir, esperando a que se durmieran para salir de su escondite y acechar el lugar.

Además, hace aproximadamente tres años, un usuario de Reddit cuya cuenta había sido borrada contó la historia de un horrible crimen que marcó su vida cuando solo tenía doce años. A medida que la concisa historia se desarrollaba, él no era más que un niño de diez años en el momento en que se mudó a vivir con su padre en un barrio donde no tenía amigos. Los únicos conocidos eran miembros de una familia en particular que eran amigos de su padre. Esta era una familia compuesta por una madre soltera y sus tres hijos, uno de los cuales era una niña de doce años que se hizo amiga del niño en los siguientes años.

No eran particularmente cercanos, pero mantenían la misma compañía y a menudo pasaban el tiempo juntos con otros niños. En una noche horrible, el amigo de la usuaria llamado Rob estaba con la niña y su hermano menor, pasando el rato en la casa de la niña. Los niños estaban solos en la casa con la madre de la niña todavía en el trabajo. Cuando oyeron un golpe en la puerta, se supuso que la madre de la niña había llegado a casa del trabajo, momento en el que Rob salió por la ventana porque no se le permitía quedarse hasta tan tarde. La niña, sin pensarlo mucho, se adelantó y abrió la puerta.

Tristemente, no era la madre de la niña la que llamó, sino la hermana mentalmente trastornada de la mujer con quien trabajaba su madre. Recientemente había sido liberada de una institución y descubrió, al hablar con su hermana, donde la madre soltera vivía con sus hijos. También había mapeado el horario de trabajo de la mujer, sabiendo muy bien cuándo los niños estarían solos en casa.

El hermano menor de la niña se escapó para llamar a la policía desde la casa de un vecino, mientras la mujer loca procedía a asesinar brutalmente a la niña en su casa. La usuaria original declaró que no sabía demasiados detalles, excepto por lo que escuchó más tarde y los pocos detalles que escuchó fueron escalofriantes. La mujer enloquecida decapitó a la pobre niña, dejó su cuerpo desnudo en exhibición y ocultó su cabeza, que luego fue encontrada por la policía.

Lo que es también impactante es que la misma usuaria volvió poco después al mismo hilo, publicando enlaces que había encontrado sobre su historia. Estos artículos confirmaron que la víctima era una niña de catorce años llamada Adrienne Amikons, brutalmente asesinada por una mujer de cuarenta años llamada Jean Anne Rudski, quien posteriormente fue acusada, juzgada y confinada a una institución psiquiátrica por estar demasiado inestable mentalmente como para tener responsabilidad legal. El horrible crimen tuvo lugar en Ontario en 1997.

El cuerpo decapitado de la niña fue dejado en una bañera ensangrentada para que la policía lo descubriera al inspeccionar la casa. La agresora fue encontrada cubierta de sangre, sosteniendo un cuchillo, justo afuera de la casa, donde la policía la derribó al piso, con un oficial levemente herido con el cuchillo.

Entre la historia oficial y la publicada por la usuaria de Reddit, la única gran discrepancia parece ser que las cuentas oficiales declaraban que el asesinato había sucedido en la casa de Jean Anne. Esto se puede explicar por ser un evento antiguo de la infancia que la mayoría de las personas probablemente suprimirían de sus conciencias.

Independientemente de si la usuaria era realmente una amiga de la niña asesinada, la historia se verificó que sí había ocurrido, lo que agrega un nuevo nivel de inquietud a los innumerables cuentos de horror macabros que se pueden encontrar en Reddit.

Capítulo 8:

H.H Holmes y el "Murder Castle"

Ahora esta historia se centra en un individuo en particular que era muy inestable, perturbado y posiblemente infligido con algún tipo de enfermedad mental terrible que lo obligaba a matar. El Sr. Holmes es conocido como el primer asesino en serie de Estados Unidos que se haya documentado y se cree que mató a más de 200 personas. No estamos hablando de un asesino en masa en el que los instrumentos para el asesinato fueran una bomba o cualquier cosa que causara una destrucción masiva. Literalmente, estaba consumido con la idea de usar y matar a cualquiera para implementar sus estafas y esquemas de dinero ilegal.

El sitio donde el Sr. Holmes cometió la mayoría de los atroces asesinatos fue en su hotel que erigió en 1893, alrededor de la época de la Exposición Mundial Colombina. Los planos se hicieron a las especificaciones explícitas del Sr. Holmes, que incluían muchas habitaciones y cámaras para su mente maníaca y asesina.

El Dr. Henry Howard Holmes nació como Herman W. Mudgett en 1861 en New Hampshire. Cambió su nombre poco después y aunque constantemente se metía en problemas juveniles; fue excelente como estudiante. Desafortunadamente, su padre era un alcohólico violento, lo que puede haber predispuesto a Holmes a las formas de tortura y asesinato. Holmes era increíblemente inteligente y fue el blanco de los intentos de muchos acosadores en la escuela de castigarlo por sus mejores calificaciones en todas las clases. En una de estas ocasiones, obligaron a Holmes a ir al consultorio de un médico y lo obligaron a enfrentarse cara a cara con un verdadero esqueleto humano. Al principio él ".. estaba muy asustado", relató Holmes más tarde. Sin embargo, tomó el cráneo en sus manos y de repente se sintió eufórico y fascinado. Pronto adoptó el pasatiempo de diseccionar animales, y los primeros indicios de su obsesión por la muerte surgieron.

Holmes se graduó temprano de la escuela secundaria, se casó y tuvo un hijo. Eventualmente se convirtió en contador público certificado y una vez se desempeñó como administrador de la ciudad. No era sorprendente lo bien que lo hizo en su vida personal y comercial; era amistoso y gregario, a todos les caía bien. Luego asistió a la escuela de medicina en la Universidad de Michigan. Mientras estaba inscrito, Holmes tomaría los cadáveres del hospital de la escuela, los desfiguraría, tomaría pólizas de seguro sobre ellos, y reclamaría a las compañías de seguros que las personas murieron en un accidente automovilístico. Poco después de graduarse, dejó a su esposa e hijo un día, para nunca regresar.

Holmes luego viajó por todo el país, deteniéndose en Pennsylvania el tiempo suficiente para conocer a una joven y casarse con ella, aunque nunca había finalizado el divorcio con su primera esposa. Luego tuvo otro hijo, una niña esta vez.

Holmes llegó a Chicago poco después y se aventuró en varios negocios antes de terminar trabajando para una farmacia local. Se había llevado bastante bien con la dueña, la señora Holton, y era muy trabajador. Después de un tiempo, supuestamente Holmes le preguntó a la Sra. Holton si podía comprar la tienda a lo cual, según él, ella supuestamente estaba de acuerdo. Cuando la gente en el vecindario preguntó dónde estaba la dueña original, Holmes dijo que se había mudado a California. Pero ella no fue vista otra vez.

Fue en un terreno baldío, al otro lado de la farmacia, donde se construiría el "Murder Castle" de Holmes, que se llamaba "The World's Fair Hotel". Tenía una cuadra completa de largo y tres pisos de altura. El nivel inferior contenía tiendas comerciales y la farmacia recién reubicada de Holmes. En los dos pisos superiores, se encontraban la oficina y la vivienda de Holmes, junto con un "laberinto" de habitaciones. Algunas de las puertas llevaban a paredes de ladrillo y muchas tenían un ángulo extraño. Se construyeron escaleras que no conducían a ninguna parte, mientras que varias puertas solo se podían abrir desde el exterior de las habitaciones. Holmes despedía constantemente a los trabajadores y luego volvió a contratar a otros nuevos; quería asegurarse de que él era la única persona que conocía el plano y diseño real del edificio.

Muchas de sus víctimas comenzaron siendo los empleados del hotel, a quienes Holmes exigía que tuvieran pólizas de seguro de vida que él pagaba, pero siempre se aseguraba de que él también fuera el único beneficiario. Holmes también mató a huéspedes y a muchas novias dentro de las diversas habitaciones del hotel. A veces, Holmes llevaba a una de las mujeres a una habitación completamente insonorizada y metía gases letales en la habitación para mirar a las víctimas asfixiarse. Otra habitación se llamaba "la habitación colgante", donde conducía a sus víctimas y las ahorcaba con vida y las veía morir. Una sala completamente tapiada y solo accesible mediante una trampilla en el techo fue utilizada para matar de hambre a las víctimas.

Para deshacerse de los cuerpos, Holmes había creado varias formas dentro del hotel para llevar a cabo esta tarea. Algunas veces usaba un tobogán que iba a un compartimiento secreto en el sótano; también había un ascensor ficticio que descendía al sótano. En el sótano, Holmes diseccionaría los cuerpos, los preparaba, quitaba la carne y, a veces, los vendía a las facultades de medicina. También se crearon dos hornos gigantes donde pudo quemar los cuerpos y la evidencia de sus muertes.

Una de sus víctimas también fue su amante, llamada Julia Smythe. Ella trabajaba en el mostrador de la joyería en su farmacia y estaba casada en el momento en que comenzó la relación con Holmes. El esposo de Smythe se enteró de la aventura y la dejó a ella y a su hija Pearl, y nunca regresó. Smythe quedó embarazada mientras estaba con Holmes y le exigió matrimonio. Holmes, que no quería tener un hijo, dijo que se casaría con ella, solo si ella se practicaba un aborto. En la víspera de Navidad, la noche en que se iba a realizar el aborto, Holmes mató a Smythe con una sobredosis de cloroformo y luego mató a su hija.

Holmes mantuvo su cuerpo y contrató a un criminal local con el que había trabajado antes, para ayudar a Holmes a deshacerse del cuerpo. Le cortaron los brazos y el cómplice procedió a preparar los miembros para las facultades de medicina mientras Holmes trabajaba en el cuerpo del hotel. Holmes hizo que el hombre que trabajaba con él transportara el cuerpo de Symthe en dos secciones para sacarla del hotel. El cuerpo fue llevado a una casa, donde otros dos cadáveres llegarían poco después. Cuando la policía finalmente atrapó a Holmes, los cuerpos todavía estaban ubicados en la casa, llamada "la casa de los tres cadáveres".

Después de que Holmes fuera capturado años más tarde y con muchos kilómetros recorridos en todo Estados Unidos en su búsqueda; su juicio comenzó en octubre de 1885. Holmes afirmó en el juicio:

"Nací con el diablo en mí. No puedo evitar el hecho de que he sido un asesino, igual que el poeta no puede evitar tener la inspiración para declamar. Nací con el Maligno sentado junto a la cama que me vio llegar al mundo, y ha estado a mi lado desde ese momento".

-HH Holmes

Holmes confesó 30 asesinatos. Sin embargo, se encontraron tantos cuerpos, que el número está cerca a los 200. Fue ahorcado en la Prisión Estatal de Filadelfia en 1896. Sin embargo, justo antes de la ejecución de Holmes, el Murder

Castle fue misteriosamente incendiado y completamente destruido. Todo el edificio fue derribado en 1938.

Años más tarde, después de la muerte de Holmes, encontraron muerto al cuidador original de "Murder Castle" en su casa; se había suicidado tragando estricnina. Su cuerpo fue encontrado con una nota que simplemente decía: "No podía dormir". Varios meses antes de su muerte, los miembros de la familia del cuidador dijeron que él decía estar "embrujado" pero que no diría por quién. Su familia también informó que tenía alucinaciones y que estaba al borde de un episodio psicótico.

Holmes creía que ciertas personas estaban condenadas desde el nacimiento, que habían nacido con el demonio dentro de ellas. Una vez poseído, era imposible mantener los impulsos de matar a raya. Muchos asesinos en serie, pasados y presentes, tal vez estén influenciados por la misma idea. La policía nunca pudo identificar todos los cuerpos de las víctimas y no todos los cuerpos fueron descubiertos. Esta historia del Dr. HH Holmes es una historia aterradora de proporciones espantosas que pueden recordarnos estos males que realmente existen.

Capítulo 9:
Un Exorcismo en Indiana

En un pequeño pueblo de Indiana, una mujer afirmó que ella y sus tres hijos estaban poseídos por demonios. El departamento de policía afirmó que el caso era la historia más extraña que habían presenciado. Uno de los niños fue visto por un administrador de casos de familia y una enfermera del hospital caminando hacia atrás por una pared. Al principio, muchos creyeron que era un engaño que la familia inventó para ganar dinero con la extraña historia. Sin embargo, después de 800 páginas de investigaciones que detallaron las ocurrencias demoníacas, incluso los oficiales de policía afirmaban que creían que la familia estaba poseída.

Los eventos comenzaron en noviembre de 2011, cuando la familia de Latoya Ammons se mudó a su nueva casa de alquiler en una tranquila área suburbana de Gary, Indiana. De repente, en diciembre, gigantescas moscas negras pululaban por el porche de su casa, a pesar de las bajas temperaturas y la nieve. La mayoría de las noches a la medianoche, Latoya Ammons oía fuertes pasos marchando por las escaleras del sótano y el sonido de la puerta que se abría desde el sótano hasta la cocina, a pesar de que no había nadie allí. Latoya intentó cerrar la puerta, pero los sonidos continuaron.

Una noche, cuando Latoya se había quedado dormida en el sofá de la sala, se despertó para ver una gran figura negra paseándose por su sala de estar. Sin embargo, cuando encendió la luz, la figura desapareció, pero quedaron huellas de botas mojadas. Tres meses después, lo que en un principio era espeluznante en la casa dio un giro aterrador hacia el miedo real.

Una noche, alrededor de las 2AM de la mañana, mientras la familia se reunía en la casa de los Ammons para llorar la muerte de un amigo cercano de la familia, Latoya de repente oyó que uno de sus hijos gritaba "¡Mamá, mamá!" Llegó a la habitación en la que su hija dormía y encontró su cuerpo levitando sobre la cama y su hija completamente inconsciente. Los familiares se reunieron alrededor de la cama y comenzaron a orar. Eventualmente, su cuerpo descendió a la cama, y su hija se despertó sin ningún recuerdo del evento.

Latoya estaba muy asustada y se dio cuenta de que estaba tratando con alguien o algo que estaba fuera de su experiencia. Ella comenzó a llamar a varias iglesias en el área, muchas de las cuales se negaron a escucharla. Finalmente, una iglesia sí la escuchó y respondió que estaban al tanto de los espíritus que vivían en Carolina Street, la calle donde vivían los Ammons. Los funcionarios de la iglesia le dijeron a Latoya que limpiara la casa de arriba abajo con lejía y amoníaco y luego tomara aceite y hiciera cruces en cada una de las puertas y ventanas de la casa. También recibió instrucciones de verter aceite en las manos y los pies de sus hijos y hacer cruces de aceite en sus frentes.

La madre de Latoya, Rosa Campbell, vivió con los Ammons durante este tiempo y fue un gran apoyo para la familia durante este momento difícil. Ellos consultaron a dos clarividentes que afirmaron que más de 200 demonios estaban ocupando la casa, algo que Latoya rápidamente creyó debido a su profunda fe cristiana. Los videntes le dijeron a la familia que tenían que mudarse de inmediato para estar a salvo de los espíritus que residían en el hogar.

Sin embargo, Latoya y su familia acababan de mudarse allí y ahora no podían darse el lujo de mudarse.

El siguiente consejo que el clarividente le dio a Latoya, ya que no podía mudarse de la casa, era hacer un altar en el sótano de la casa. Una mesa auxiliar cubierta con una sábana blanca se utilizó como el altar, mientras que una vela blanca se colocó en la parte superior de la mesa junto con las estatuas de Jesús, María y José como los símbolos de su fe cristiana. Latoya recibió instrucciones de que alguien leyera el Salmo 91 de la Biblia mientras estaba parado en el altar. El salmo fue leído en voz alta:

"No temerás el terror de la noche,

ni la flecha que vuela de día,

ni la pestilencia que habla en la oscuridad,

ni la plaga que destruye al mediodía".

- Salmo 91

Los asistentes a la lectura todos vistieron camisetas blancas y envolvieron trozos de tela blanca alrededor de sus cabezas. Humo producido a partir de salvia y azufre emanaba alrededor de los pasillos y las habitaciones de la casa; el humo era tan denso en toda la casa que muchos de los invitados tenían problemas para respirar.

Después de la reunión y las oraciones junto al altar en el sótano, no pasó nada extraño en la casa durante tres días. Luego, después del tercer día, las cosas empeoraron más que nunca. Los demonios comenzaron a poseer los cuerpos de los niños y Latoya. Latoya afirmó haber nacido con un tipo especial de protección contra los demonios, por lo que los demonios no pudieron poseer su cuerpo con éxito. Sin embargo, sus hijos eran vulnerables y estallarían en sonrisas malvadas, de repente tenían voces profundas, y sus ojos se abultarían.

Su hijo de siete años, que una vez fue arrojado violentamente del baño golpeándose la cabeza contra una cabecera y requiriendo puntadas en la herida, fue encontrado hablando con un niño invisible en su armario. El niño fantasmal le describía lo que era morir. La hija mayor le dijo a los profesionales de salud mental que a veces sentía que la estaban ahogando y abrazándola, que no podía moverse ni hablar. Una voz le susurró al oído que nunca volvería a ver a su familia y que no viviría otros 20 minutos.

Latoya finalmente llevó a los niños al médico para discutir qué se podía hacer. El Dr. Geoffrey Onyeokwu describió la visita como la reunión más extraña que haya tenido en toda su carrera. Incluso afirmó tener miedo cuando entró en la habitación. De repente, el niño de siete años comenzó a maldecir al doctor con voces demoníacas. Los testigos dijeron que el joven fue repentinamente arrojado a una pared sin que nadie lo tocara.

Un testigo no identificado llamó al Departamento de Servicios a los Niños y les ordenó que investigaran a Latoya, alegando que ella tenía una enfermedad mental, y que sus hijos estaban actuando para ella y alentando su enfermedad. Sin embargo, después de investigar a Latoya y sus hijos, se determinó que los niños estaban sanos, sin magulladuras, cicatrices o marcas. Latoya fue considerada como "de buen juicio".

El personal del hospital entrevistó a los niños una vez más. Durante la entrevista, el hijo más joven de repente comenzó a gruñir a su hermano mayor y le dijo: "Voy a matarte". El niño más pequeño luego caminó hacia atrás por la pared hasta el techo y volcó a su hermano mayor. Ambos examinadores corrieron desde la habitación al ver esto.

Estos extraños episodios continuaron ocurriendo durante el año 2012 y hasta 2013. La gente visitaba la casa y de repente se enfermaban gravemente durante más de una semana; Latoya se rompió tres costillas, se fracturó la mano y luego se fracturó el tobillo, todo en cuestión de unos pocos meses. Olores y sonidos inexplicables emanaban de la casa.

La familia participó en tres exorcismos. Estos exorcismos fueron los primeros en ser sancionados, extraoficialmente, por la Iglesia Católica en Gary, Indiana. El primer exorcismo consistió en un "ritual menor" y se realizó de manera similar a la sesión anterior en el sótano utilizando el altar blanco.

Después de este "ritual menor", le dijeron a Latoya que tenía que escribir los nombres de todos los demonios; cada demonio tenía un nombre y una personalidad específica. Los nombres poseían poder, y el sacerdote debía usar el poder para condenar a los demonios. Durante este exorcismo, su cuerpo se convulsionó violentamente, y Latoya podía sentir una sensación de dolor en su cuerpo al mismo tiempo, algo que luchaba por quedarse con ella.

El sacerdote dijo que los demonios eran fuertes, viendo cómo el cuerpo de Latoya convulsionaba. Dos agentes de policía estaban parados vigilando y viendo el evento. Los Ammons rezaron con su sacerdote hasta que ya no pudieron soportarlo. Latoya comenzó a sentir dolor "de adentro hacia afuera" y finalmente se desmayó y se durmió.

En el exorcismo final, el líder reprendió a los demonios en latín, ya que los dos anteriores estaban en inglés, ordenándoles que se fueran. Latoya convulsionó mientras los demonios estaban siendo condenados. Después de este último exorcismo, la familia finalmente pudo vivir en paz. Durante un período de seis meses, el servicio social para niños le quitó los niños a Latoya. Sin embargo, poco después del último exorcismo, sus hijos fueron devueltos a ella. Viven en Indianápolis ahora, lejos de la casa en Carolina Street que una vez llamaron hogar.

El propietario de la casa afirmó que nunca tuvo ningún problema en la casa antes de los Ammons y después de que se mudaron. Estaba tan perplejo como los médicos forenses, el personal del hospital y los oficiales de policía. Un nuevo inquilino vive actualmente allí; sin embargo, se desconoce si el inquilino conoce los eventos que ocurrieron previamente en la residencia. Nadie fue capaz de explicar los aparentes sucesos paranormales fuera de reclamar que las fuerzas demoníacas realmente habían poseído a la familia Ammons.

La historia de la familia Ammons es en realidad uno de los muchos casos de posesión demoníaca a lo largo de la historia, con exorcismos que datan de cientos de miles de años. La Iglesia Católica solía realizar exorcismos regularmente. Sin embargo, se han vuelto más raros en el último siglo. Ya sea que se trate de los demonios o la imaginación salvaje de Latoya, junto con una historia de enfermedad mental, no hay duda de que esta familia sufrió inexplicablemente durante muchos meses y experimentaron un gran temor antinatural allí, del cual ahora están agradecidos de haber sido liberados, por fin.

Capítulo 10:
La Agonía de Anneliese Michel

Si eres fanático de las novelas de terror, y especialmente de las películas, es posible que ya conozcas una película llamada "El exorcismo de Emily Rose". Lo que quizás no sepas, sin embargo, es que esta película se basó en la terrible historia de Anneliese Michel.

Anneliese era una chica alemana que vivía en Baviera y nació en 1952 de una familia católica devota. Ella comenzó de manera relativamente rutinaria cuando era una niña pequeña, y es poco probable que alguien haya podido predecir el trágico destino que le sobrevendría en su adolescencia. Tenía dieciséis años cuando sufrió su primer ataque y le diagnosticaron epilepsia. No mucho después de eso, Anneliese comenzó a sufrir una depresión extrema que la llevó a un hospital psiquiátrico en 1973.

Mucho más peculiares que sus aparentes problemas mentales fueron los otros síntomas que siguieron. Anneliese escucharía voces que parecían condenarla al infierno. Ella experimentaría alucinaciones de pesadilla, particularmente cuando rezaba. Estos fueron descritos como mensajes demoníacos del mismo diablo. Ella también comenzó a desarrollar una fuerte aversión hacia cualquier elemento religioso y comenzó a percibir sonidos extraños como si alguien tocaba su habitación. Estos sonidos también fueron informados por sus hermanas.

Lo que primero se consideró simplemente un problema de salud mental rápidamente comenzó a adoptar una propiedad mucho más siniestra. La medicación prescrita tampoco parecía ayudar a la pobre chica y, según algunas fuentes, sus escaneos cerebrales salían negativos repetidas veces.

En ese momento, Anneliese comenzó a creer que estaba poseída por múltiples presencias malvadas. A medida que su condición empeoraba, también comenzó a ver caras demoníacas, tanto en las personas como en los objetos que la rodeaban. Las cosas se pusieron tan mal que Anneliese se privaría del sueño y de una dieta regular. Incluso comía insectos y comenzó a consumir su propia orina.

Anneliese habló de estas experiencias inolvidables a su médico y expresó su creencia de que estaba poseída. Sin embargo, los médicos no podrían ser de mucha ayuda en este sentido, por lo que Anneliese y su familia pronto abandonaron su búsqueda de ayuda por medios médicos. En 1975, se decidió que Anneliese necesitaba la ayuda del clero católico para librarla de los demonios.

La iglesia dudaba en involucrarse al principio, y los sacerdotes necesitaban el permiso de su arzobispo para realizar un exorcismo. Un sacerdote con el nombre de Ernst Alt estaba interesado en el caso y creía firmemente que Anneliese había sido poseída, pero sus solicitudes para realizar el ritual fueron denegadas. Finalmente, en septiembre de 1975, el obispo Josef Stangl decidió permitirle a Arnold Renz exorcizar a Anneliese Michel.

A Renz se le dio el visto bueno para usar un ritual de exorcismo de cuatrocientos años llamado Rituale Romanum, pero él mismo debía hacerlo en secreto. El uso de este viejo ritual atrajo mucha atención pública más adelante. El padre Renz realizó su primer ritual el 24 de septiembre, y Alt también participó más tarde. Anneliese estuvo totalmente de acuerdo con los exorcismos y luchó voluntariamente contra los demonios percibidos dentro de ella. Los exorcismos continuaron durante unos diez meses a partir de ese momento, sumando sesenta y siete rituales al final.

Renz también dio permiso para grabar varios de estos rituales y las grabaciones de audio escalofriantes existen hasta el día de hoy, disponibles para que cualquiera las escuche en línea. Los exorcismos en sí eran insoportables, con Anneliese convulsionando y exhibiendo muchos de los comportamientos demoníacos habituales asociados con tales incidentes. Particularmente llamativo fue un ejemplo en el que habló de los demonios dentro de ella, nombrando a Lucifer, Judas, Caín e incluso a Hitler como sus verdugos. Sin embargo, lo más sorprendente fue su mención de un sacerdote llamado Fleischmann, que fue retirado de su servicio antes de eso. Era alguien de quien Anneliese no debería haber tenido conocimiento, pero lo tenía.

Mientras los exorcismos estaban en marcha, las cosas se volvieron progresivamente más oscuras para Anneliese. Muy pronto, Anneliese comenzó a renunciar a la nutrición e incluso al agua, lo que se hizo aún más peligroso por el hecho de que la familia ya había dejado de buscar cualquier tipo de asistencia médica para Anneliese. Sintió que el ayuno debilitaría el control que esta fuerza perversa percibía sobre ella, por lo que fue voluntario.

Además, Anneliese estaba obsesionada con realizar genuflexiones, con el objetivo de hacer cientos de ellas durante cada ritual. Después de un tiempo, esto tuvo un costo grave y la dejó con graves lesiones en la rodilla. La desnutrición convirtió su cuerpo en un frágil desastre, con su peso cayendo por debajo de setenta libras. Hacia el final, Anneliese estaba demasiado débil para moverse por sí misma y se cree que tuvo neumonía. Después de un tiempo,

Anneliese se vio cada vez más inmersa en ideas de muerte para expiar los pecados de otros, particularmente de los jóvenes y los apóstatas de la Iglesia Católica.

Y ella murió, el 1ro de julio de 1976, cuando finalmente sucumbió a su terrible estado a la edad de 23 años. Pesaba solo sesenta y ocho libras cuando murió, reducida a un caparazón de lo que era antes su saludable persona. Su muerte fue declarada como causada por la desnutrición y la deshidratación, y su neumonía y fiebre solo aceleraron el proceso.

También se dice por algunas fuentes que Anneliese hablaba lenguas extranjeras a través de sus arrebatos durante los exorcismos, con algunas de esas instancias posiblemente grabadas en las cintas existentes. Su voz estaba ciertamente desfigurada e irreconocible, muy de acuerdo con otros casos de posesión.

Lo que le sucedió exactamente a Anneliese Michel fue objeto de un acalorado debate durante años y sigue siendo controvertido hasta el día de hoy. Sus padres, junto con los dos sacerdotes que realizaron los exorcismos, fueron acusados y condenados por homicidio negligente por no haberle proporcionado a Anneliese la nutrición, el agua y la asistencia médica necesarias. Fueron liberados inmediatamente en libertad condicional, pero las sentencias se estancaron.

Esto funciona en gran medida hacia los argumentos de que Anneliese era simplemente una jovencita profundamente atribulada que no recibió la atención adecuada que necesitaba, pero algunas cosas también hablan del contrapunto. La frase ligera es sin duda un testimonio del hecho de que muchas personas vieron todo esto como un demonio haciendo su trabajo. Las horripilantes grabaciones, de las cuales hubo más de cuarenta, obviamente obligaron al tribunal hasta cierto punto. Estas grabaciones están disponibles para todos, pero ten en cuenta que son muy inquietantes.

El hecho es, sin embargo, si Anneliese estaba verdaderamente poseída o simplemente enferma mentalmente, no estaba en posición de pensar racionalmente y tomar decisiones saludables por sí misma, la prueba de lo cual era su negativa a comer, en última instancia, llevándola a la muerte. Esto significa que la veracidad del reclamo de posesión no estaba en juicio. Fue la responsabilidad de los sacerdotes y los padres la que se puso en el estrado. Y sin duda, sea lo que sea lo que le sucedió a la pobre Anneliese, es innegable que se podría haber hecho más para evitar su muerte.

Muchas personas han pasado a denotar el caso de Anneliese Michel como un típico ejemplo de la mala interpretación de la enfermedad mental y el fanatismo religioso absoluto. Otros todavía creen firmemente que ella estaba realmente poseída, lo cual también ha sido la creencia de sus padres en los años que siguieron.

Y con todo el sufrimiento que tuvo que pasar, Anneliese fue perturbada una vez más en 1978, casi dos años después de su funeral, cuando su cuerpo fue exhumado debido a los deseos de los padres de darle un ataúd mejor y reubicar sus restos en el cementerio. También vale la pena mencionar que la Iglesia luego emitió una declaración oficial diciendo que consideran que se trataba de un caso de enfermedad mental, no de posesión.

Cualquiera que sea la forma del mal que afligiera a Anneliese, ya sea terrenal o demoníaca, su corta vida fue realmente una de inmensa agonía y horror .

Capítulo 11:
Yoo Young-chul

En el mundo natural de la supervivencia, la visión de un animal depredador comiendo a su presa puede ser espantosa. Además, en el mundo animal, hay ejemplos específicos de una especie de caníbales, como la araña viuda negra y la mantis religiosa, que se comen a los de su propia especie. ¿Qué podría ser más impactante? Bueno, ¿qué hay de un humano comiendo a otro humano? ¿Y si ese canibalismo humano no se trata tanto de instintos naturales de supervivencia, sino más bien de una intención asesina premeditada, perturbada y psicológica?

Esta historia es sobre Yoo Young-chul, un surcoreano, que afirmó haber matado a 21 personas en un lapso de aproximadamente diez meses. La mayoría de sus víctimas eran ancianos, gente adinerada o prostitutas. Mientras que los asesinatos múltiples son impactantes en sí mismos, esto no es lo que hizo famoso a Yoo, o notorio, por eso. Es el hecho de que confesó no solo matar, sino también ingerir las partes del cuerpo de sus víctimas. Tan prolíficos (¡veintiún asesinatos en diez meses!) y horribles fueron sus crímenes que lo incluyeron en una lista de los peores asesinos en serie del mundo.

Nacido en 1970, Yoo era hijo de padres de clase trabajadora que se separaron poco después de su nacimiento. Yoo, junto con sus hermanos, fueron enviados a quedarse con su abuela. Ella se hizo cargo de ellos durante unos años y luego los niños se fueron con su padre que vivía en Seúl. Sus padres no eran de dinero, un hecho que lo convirtió en el blanco de muchas burlas en la escuela. Como resultado de este acoso escolar, Yoo comenzó a sentirse resentido con los miembros adinerados de la clase alta de la sociedad.

La escuela también fue el lugar donde descubrió que se sentía atraído por las artes. En la escuela primaria, escribía poesía, tocaba la guitarra, pintaba y cantaba. Su interés en estos campos fue tal que intentó ingresar a una escuela secundaria que se especializaba en estos temas. Su solicitud fue rechazada y tuvo que conformarse con una escuela técnica.

Fue en la escuela secundaria que Yoo comenzó su vida de crimen. Comenzó robando, probablemente como un medio para mantener a su empobrecida familia. Fue atrapado y enviado a detención juvenil. Esta encarcelación no lo detuvo, y tan pronto como salió en libertad, continuó su carrera en el robo. Robaba efectivo, artículos electrónicos e incluso automóviles. Pasó mucho tiempo en la cárcel durante los años 90 debido a su propensión al robo.

Se casó en algún momento en 1992 y tuvo un hijo. Las cosas empeoraron para Yoo una vez más en el año 2000 cuando fue arrestado por la violación de una niña de 15 años. Mientras cumplía su sentencia de prisión, su esposa le entregó documentos de divorcio.

Después de su liberación en 2002, Yoo se entregó por completo a la vida criminal. Se ganaba la vida extorsionando a prostitutas y proxenetas haciéndose pasar por un policía con una identificación falsa. Cuando esto no parecía lo suficientemente lucrativo, se graduó de asesino.

El 1 de septiembre de 2003, Yoo irrumpió en la casa de una pareja de ancianos en el rico distrito de Gangnam-gu en Seúl. Apuñaló al marido en el cuello y luego le golpeó la cabeza con un martillo. Luego pasó a la esposa, a quien también mató con el mismo martillo. Hizo que el crimen pareciera un robo-asesinato, pero en realidad no se llevó efectivo de la casa desconcertando a las autoridades.

Alrededor de un mes después, invadió nuevamente una casa en Jongro-gu. Esta vez, había tres ocupantes de ochenta y cinco, sesenta y treinta y cinco años. Yoo usó su característico martillo otra vez para asesinar a las tres personas. Al día siguiente entró en la casa de una anciana, a quien atacó brutalmente con el martillo y luego la dejó por muerta. Su hijo la encontró con horribles heridas y pidió asistencia médica, pero ya era demasiado tarde. Ella murió media hora más tarde.

En noviembre, irrumpió en otra casa. Esta vez, hizo las cosas de manera diferente a su modus operandi anterior. Después de matar a los dos ocupantes, intentó abrir una caja de seguridad, pero resultó herido. Temeroso de que la evidencia de ADN lo identificara, Yoo incendió la casa. Había un bebé en la casa en el momento en que se prendió fuego y el bebé desafortunadamente murió en las llamas.

En diciembre, Yoo conoció y se enamoró de una mujer que era una prostituta. Sin embargo, cuando descubrió su pasado criminal, ella le dijo que no quería tener nada que ver con él. Esto enfureció a Yoo y lo puso en un camino diferente. Decidió concentrar su ira en matar prostitutas.

De marzo a julio de 2004, Yoo mató a once prostitutas. El primer asesinato fue ligeramente diferente del resto. Yoo se hizo pasar por cliente potencial y atrajo a una prostituta lejos de su zona de seguridad. Luego la estranguló, mutiló su cadáver y lo dejó tirado en la basura de un sitio de construcción cerca del Templo Bongwon.

Para el resto de los asesinatos, Yoo siguió el mismo procedimiento. Llamaba a las masajistas a su casa, tenía relaciones sexuales con ellas y las mataba con el martillo. Luego mutilaría o desmembraría sus cuerpos para que no pudieran identificarse fácilmente. Él llevaba los cuerpos a los bosques alrededor de Seúl y se deshacía de ellos.

La ola de asesinatos alarmó no solo a la policía y al público en general, sino también a los proxenetas, tanto que cooperaron con la policía en la búsqueda del asesino. El 15 de julio de 2004, Yoo llamó a un salón de masajes para pedir el envío de una masajista. Varias masajistas habían desaparecido anteriormente y para cada una, la llamada provenía del mismo número. El dueño del salón se dio cuenta de esto y contactó a la policía. Acompañado por un oficial de policía y varios empleados, el propietario se dirigió al lugar de reunión acordado. Debido a que llegó tarde al lugar designado, Yoo inicialmente evitó la captura ya que el oficial de policía ya se había ido.

Sin embargo, cuando Yoo llegó, el dueño y los empleados lo rodearon rápidamente. Se llamó a otro agente de policía que esposó y detuvo a Yoo. Sin embargo, mientras estaba bajo custodia, Yoo logró escapar fingiendo un ataque epiléptico; algo que había hecho con éxito antes después de ser arrestado por cargos de violación. Sin embargo, su libertad no duró mucho, y fue arrestado doce horas después.

Inicialmente, después de que fue arrestado, Yoo confesó haber asesinado a diecinueve. Dijo que había apuntado a personas adineradas y masajistas. Cuando la policía registró su departamento, encontraron material que los llevó a creer que había modelado sus asesinatos en varias películas, incluyendo "Normal Life" y "Public Enemy". El propio Yoo declaró que su inspiración fue otro asesino en serie surcoreano, Jeong Du-yeong, que también atacaba a los ricos.

Yoo dijo que fue tras los ricos debido a la humillación que había sufrido en la escuela cuando era niño y por el resentimiento que les causó. Las masajistas que asesinó fue su forma de vengarse de su amante, que había terminado su relación después de enterarse de su pasado criminal. Incluso confesó que una vez había pensado en matar a su ex esposa, pero había decidido no hacerlo por el bien de su hijo.

Algún tiempo después de su arresto, Yoo reveló que había cometido asesinatos adicionales que no estaban incluidos en los que se publicaron, comenzando con un vendedor callejero masculino. Amistades de dos de las masajistas que Yoo había asesinado se presentaron diciendo que estas mujeres no habían sido prostitutas. Esto generó sospechas de que Yoo no solo atacaba a dos tipos de víctimas. Muchos días después, dijo que había matado a una joven que trabajaba en una tienda de ropa, pero debido a los detalles técnicos, este caso no se incluyó en su lista de condenas. Escalofriantemente, Yoo dijo que había consumido el hígado de algunas de sus víctimas, aunque esta afirmación no pudo ser verificada.

Su juicio fue extraño, a decir menos. La policía no tenía mucha evidencia física para conectar a Yoo con los crímenes. Fueron sus confesiones las que lo derribaron. Primero se negó a defenderse diciendo que boicotearía el resto del juicio e incluso se disculpó con las víctimas. Más tarde, se jactó de que, si lo liberaban, no dejaría de cometer tales asesinatos. Dos semanas después, durante su audiencia, retiró la confesión sobre la chica en la tienda de ropa y también arremetió contra los jueces. Trató de suicidarse la noche antes de la próxima fecha de prueba e interrumpió otro juicio, tres semanas después. Se vio obligado a firmar una declaración diciendo que no causaría más interrupciones.

La fiscalía solicitó la pena de muerte, por lo que Yoo expresó su gratitud. Fue condenado a muerte el 13 de diciembre de 2004 por veinte cargos de asesinato.

El tribunal, al emitir su veredicto, dijo: "Los homicidios de hasta 20 personas no tienen precedentes en la nación y son un delito muy grave. La pena de muerte es inevitable para usted a la luz de los enormes dolores infligidos a las familias afectadas y a toda la sociedad".

La ola de crímenes de Yoo había servido para aumentar el debate que se libraba en todo Corea del Sur sobre la necesidad de la pena de muerte. La opinión pública que antes del juicio se había desviado hacia la abolición de la pena de muerte- ahora la respalda cada vez más, teniendo en cuenta la naturaleza horrorosa de los crímenes de Yoo.

Capítulo 12:
La Desaparición de Timmothy Pitzen

La desaparición de Timmothy Pitzen y el suicidio de su madre (Amy Pitzen) acaparó los titulares cuando sucedió en 2011. El caso se hizo notorio, no solo por las extrañas circunstancias que giraron en torno al mismo, sino también por el misterio que rodeaba el paradero del niño. Hasta este día, nadie está al tanto de las causas reales que ocasionaron los eventos el 11 de mayo de 2011, y dónde está Timmothy Pitzen ahora. El misterioso y triste hecho ha provocado mucha especulación y teorías sobre lo que sucedió y por qué.

Timmothy Pitzen es el hijo de James y Amy Joan Marie Fry-Pitzen. La familia vivía en Aurora, Illinois. Timmothy tenía seis años en el momento de su desaparición. El 11 de mayo de 2011, Amy fue a la escuela de Timmothy, la Escuela Primaria Greenman, y lo sacó de su clase de kínder. Ella no le informó a James ni a ninguno de sus familiares sobre sus planes. Después de que ella lo sacara de la escuela, llevó su automóvil, una camioneta azul 2004 Ford Expedition, a un taller de reparación de automóviles y la dejó en el lugar. Esto fue a las diez de la mañana. Le pidió a uno de los empleados de la tienda de reparación que la llevara a ella y a Timmothy al zoológico de Brookfield, cosa que hizo el empleado. Después de pasar un tiempo en el zoológico, regresó al taller de reparación de automóviles a las 3 pm. Su vehículo había sido reparado, y llevó a Timmothy al KeyLime Cove Resort, ubicado en Gurnee, Illinois. Pasaron la noche allí.

Mientras tanto, James, el padre de Timmothy, llegó a la escuela para pasarlo buscando. Cuando descubrió que Amy ya había retirado a Timmothy más temprano en el día, trató de llamar a Amy en su teléfono celular muchas veces pero no pudo contactarla. Él llenó el reporte de personas desaparecidas cuando no se pudo encontrar a la madre y al niño.

Al día siguiente, Amy llevó a Timmothy a Wisconsin Dells, Wisconsin, y se registró en el Kalahari Resort. Al día siguiente, ella y Timmothy fueron vistos en grabaciones de la cámara de seguridad esperando para salir del hotel. Esto fue a las diez en punto de la mañana. A la una y media de la tarde, Amy llamó a varios miembros de su familia y les dijo que ella y Timmothy estaban a salvo y bien. Los miembros de la familia podían escuchar a Timmothy de fondo. Parecía absolutamente bien y en un momento incluso mencionó que tenía hambre. Esta fue la última vez que fue visto o se supo de él.

En la tarde del mismo día, a las siete y veinticinco minutos, la gente vio a Amy en Winnebago, Illinois, en una tienda de Family Dollar. No había señales de Timmothy. Compró algo y luego fue a Sullivan's Foods en las cercanías. Esto fue a las ocho. Entre las 11.30 y las 11.45 se registró en el Rockford Inn en Rockford, Illinois. Timmothy tampoco estaba con ella aquí. Esa noche, Amy Pitzen tomó una sobredosis de antihistamínicos y luego se cortó las muñecas y la garganta. En el momento en que ella se quitó la vida, Amy tenía cuarenta y tres años. A las doce y media de la tarde, los empleados de la posada encontraron su cadáver el 14 de mayo.

Algún tiempo después, una nota de suicidio de Amy llegó a su madre. En la nota, Amy dijo que sentía que no encajaba con todos, aunque se había esforzado por hacerlo. Ella sugirió que su relación con su esposo James ya no era buena y dijo que no podía reparar lo que estaba roto.

Después de esto, la nota se volvió críptica. Amy dijo que no podía correr el riesgo de que James lastimara a Timmothy por las decisiones que había tomado. Ella había llevado a Timmothy a un lugar seguro donde sería "bien cuidado". Luego se disculpó por el dolor y las dificultades que su familia tendría que enfrentar y pidió perdón. En otra nota enviada a un amigo, Amy dijo que nadie encontraría a Timmothy.

Cuando los investigadores comenzaron a investigar la desaparición del niño y el suicidio de Amy, salió a la luz que faltaba su teléfono celular. Ese no era el único elemento. Los juguetes, la ropa de Timmothy, su mochila Spiderman, la ropa que Amy había estado usando en el Kalahari Resort, un transpondedor iPass y un tubo de pasta de dientes Crest también habían desaparecido.

Al principio, se creía que Amy había dejado a Timmothy con personas que lo cuidarían. Esta creencia parecía estar respaldada por el hecho de que el asiento del auto del niño no se podía encontrar. Sin embargo, más tarde resultó que el asiento del automóvil estaba con la abuela de Timmothy que vivía en Wooster, Ohio. De hecho, había estado con ella durante una semana antes de la desaparición. Esta información y el hecho de que ya habían transcurrido varios días sin que hubiera señales del niño puso a la policía y a la familia muy preocupados.

Algún tiempo después, la policía hizo un descubrimiento inquietante. Había restos de sangre en el asiento trasero de la camioneta de Amy. Tras el análisis, resultó que la sangre era de Timmothy, aunque era imposible saber cuánto tiempo llevaba la sangre en el vehículo. Las investigaciones posteriores revelaron que los familiares del niño dijeron que alrededor de doce a dieciocho meses antes de su desaparición, había sufrido una hemorragia nasal dentro del vehículo. Cuando se examinó el cuchillo que Amy había usado para suicidarse, la única sangre que había en él era la de ella.

Nueva evidencia forense pasó a primer plano cuando se encontró la camioneta de Amy. El vehículo estaba "visiblemente sucio" según los informes. Las malezas, el pasto alto y la tierra estaban pegados al tren de aterrizaje. Cuando se probaron forensemente, los resultados indicaron que en algún momento el automóvil había sido detenido por un tiempo en un área de grava. Esta área de grava estaba muy cerca de una carretera de asfalto que había sido tratada con cuentas de cristal para hacer la carretera en algún momento. Parecía que Amy había retrocedido el vehículo en una especie de campo de hierba. La evidencia indica que este campo probablemente no tenía árboles y contenía plantas de mostaza negra y flores de zanahoria silvestre. Se especuló que podría haber algunos abedules o robles en esa área, aunque no en el espacio donde se detuvo el automóvil. Los investigadores también creían que habría un pequeño estanque o arroyo cerca. Toda esta evidencia, sin embargo, no pudo ayudar a los investigadores a reducir las posibilidades a solo una.

Sobre nuevas investigaciones, salió a la luz que Amy se había estado comportando de manera extraña y puede haber planeado la desaparición de su hijo por algún tiempo. Ella hizo dos viajes en febrero y marzo de 2011 al área de donde

Timmothy eventualmente desapareció. Ella también había creado una cuenta de correo electrónico que estaba registrada con su nombre de soltera y de la que su esposo James no sabía nada. Sin embargo, nada en esta cuenta estaba relacionado con la desaparición.Se descubrió que Amy estaba clínicamente deprimida y que a menudo dejaba su casa por períodos prolongados.

El esposo y familiares de Amy estaban desconcertados y desconsolados por estos eventos. James dijo que no podía creer que Amy hiciera algo para lastimar a Timmothy. Tanto él como sus parientes estuvieron de acuerdo en que ella había amado mucho a su hijo. Ninguno de los miembros de la familia era sospechoso de habérselo llevado. No se presentaron más pruebas.

En algún momento de 2013, el teléfono celular de Amy fue descubierto al costado de la carretera en la Ruta 78. Inmediatamente, los investigadores fueron a buscar más pistas en la zona pero no encontraron nada más. El teléfono móvil resultó ser un callejón sin salida también.

Así es como siguen las cosas hoy. No hay señales de Timmothy y ninguna pista sobre su paradero. Eso no ha detenido a los cibernautas de especular acerca de lo que podría haber sucedido. Se han presentado varias teorías, la mayoría centradas en la nota de Amy a su madre.

La gente se ha preguntado por qué Amy creería que Timmothy sufriría las represalias de su padre por sus acciones. Algunos señalan que Amy era conocida por sufrir depresión y puede haber exagerado sus temores. Otros especulan que James no era el verdadero padre de Timmothy y que Amy tenía miedo de cómo trataría a Timmothy si se enteraba.

El aspecto más escalofriante de las notas que Amy envió es que ella ha declarado categóricamente que nadie encontraría nunca al niño pequeño. Algunos señalan la afirmación en la nota recibida por su madre de que Timmothy estaría bien atendido. Sienten que ella pudo haber dejado a su hijo con gente en quien confiaba y que protegería a Timmothy del alboroto que rodeaba su desaparición. Otros no son tan optimistas. Creen que ella sabía que no podía confiar en nadie para asumir las consecuencias de esconder a Timmothy. Como estaba planeando quitarse la vida, es posible que también haya matado a Timmothy. La frase "bien cuidado" podría interpretarse en el sentido de que está en el Cielo.

También ha habido rumores de que, en algún momento, Amy estuvo involucrada en algún tipo de culto. Lo que era este culto, si tenía algo que ver con la desaparición de Timmothy y si de hecho era parte de algún culto, es pura especulación.

Cualesquiera que sean las diversas teorías que se han presentado, una cosa es cierta. Desde el 13 de mayo de 2011 hasta ahora, nadie ha visto a Timmothy Pitzen.

92

Capítulo 13:
Los Youtubers Desaparecidos

Los Youtubers son ciertamente un fenómeno interesante de nuestro tiempo por su derecho propio, con su capacidad de amasar un gran número de seguidores que sintonizarán regularmente para consumir el contenido que producen. Por lo tanto, cuando se trata de canales de gran tamaño, cada desaparición, por breve que sea, generalmente genera mucha controversia y deja a mucha gente adivinando lo que podría estar pasando.

El misterio suele resolverse cuando se trata de una persona famosa, como fue el caso de un canal llamado FPS Russia, por ejemplo. Este es un gran canal presentado por Kyle Myers de EE. UU., Que cuenta con más de seis millones de suscriptores. Kyle asume el papel de un hombre ruso con un marcado acento de Europa del Este, que exhibe y demuestra los efectos de muchos tipos diferentes de armamento y explosivos.

"

Una ola de controversia resonó en todo YouTube después de que Kyle parecía haber desaparecido misteriosamente de la plataforma en la primavera de 2013. Sin ningún anuncio o revelación, el canal simplemente dejó de subir videos. Las suposiciones sobre lo que estaba sucediendo van desde que el hombre murió o se ha cansado de YouTube, hasta que simplemente se tomó unas vacaciones. Unos nueve meses después, Kyle reapareció con un nuevo video y algunas respuestas comenzaron a surgir.

Resultó que un miembro crucial de la tripulación del canal, Keith Ratliff, que estaba a cargo de la adquisición de las armas para los videos de Kyle, fue encontrado con tiros en la parte posterior de su cabeza a principios de 2013, aparentemente al estilo de la ejecución. Esa primavera, la casa de Kyle en Georgia fue asaltada por agentes federales de la ATF y el FBI. La granja del padre de Kyle, una ubicación para muchos de los videos del canal, también fue registrada por los agentes. Las autoridades dieron declaraciones contradictorias sobre la causa de estas búsquedas, y la ATF declaró que estaban investigando posibles explosivos ilegales en poder de Kyle. Curiosamente, el alguacil del país dijo que las búsquedas estaban relacionadas con el asesinato del colega de Kyle, lo que efectivamente significaba que el propio FPS Rusia era sospechoso.

El asesinato de Keith sigue sin resolverse, y la policía divulga información mínima. Esto convirtió al crimen en uno de los misterios más peculiares de la comunidad de YouTube y, por supuesto, en un objeto de muchas teorías y especulaciones conspirativas.

Cualquiera que haya sido el caso, no se incautó nada y no se presentaron cargos contra Kyle. Desde entonces ha estado activo de vez en cuando con su canal, sin mucha mención de estos eventos. Como tal, su desaparición temporal se ha resuelto en gran medida.

Tal es siempre el caso con los principales canales, ya que alguien entre los millones de fans está obligado a descubrir algo tarde o temprano. Por esta razón, se pueden encontrar historias mucho más interesantes e inquietantes cuando se trata de usuarios menos famosos, usuarios casi normales de la plataforma. Un ejemplo de esto es la historia de Kenny Veach, quien desapareció en los desiertos de Nevada el 10 de noviembre de 2014.

Kenny era un entusiasta de las actividades al aire libre y tenía un obvio gusto por las emociones y los desafíos, ya que el senderismo de larga distancia era una pasión suya. También le gustaba desafiar a las serpientes y abordar la naturaleza como un pasatiempo, obteniendo así una experiencia de senderismo considerable. Él no era de ninguna manera un Youtuber dedicado, pero su canal, llamado "snakebitmgee", fue el lugar donde comenzó esta historia alrededor de un mes antes de su desaparición.

Concretamente, Kenny dejó un comentario en un video titulado "Son of an Area 51 Technician", contando en pocas oraciones su historia personal desde el desierto.

Él alegaba que estaba haciendo una caminata en las proximidades de la Base de la Fuerza Aérea Nellis en el desierto de Nevada cuando tropezó con una peculiar cueva en algún lugar de las Montañas de las Ovejas. Describió la cueva como aislada y con una entrada que tenía la forma de una letra mayúscula "M" perfecta. En su forma habitual, quería entrar y explorar la cueva, pero cuando comenzó a acercarse a la extraña entrada, sintió que su cuerpo comenzaba a vibrar. Kenny dijo que las vibraciones se hicieron más intensas cuanto más se acercaba a la abertura. De repente, se sintió abrumado por el terror y decidió huir, ya que este sentimiento no se parecía a nada que haya visto antes.

El comentario de Kenny provocó un largo hilo de respuestas de aquellos que estaban cautivados por la cuenta, y muchos exigieron pruebas. Motivado a complacer a sus seguidores, Kenny decidió tomar otra caminata de diez horas de vuelta a la ubicación y grabar imágenes de la cueva de su canal. Luego subió imágenes de su viaje, aunque no pudo reubicar la cueva M. Como un número significativo de personas estaban llenas de interés en este punto, Kenny prometió hacer un tercer viaje y adquirir su evidencia.

En línea, afirmó que este nuevo viaje estaría mejor organizado y que esta vez traería su pistola consigo. Continuó explicando que es una caminata de diez horas sobre un terreno muy accidentado y peligroso. Algunas personas lo desafiaron, pero otros le imploraron que no regresara. Un comentario particularmente extraño en su video lo instaba a no volver a la cueva, diciendo que si encontraba la entrada de la cueva y entraba, no saldría. Kenny respondió, preguntando por qué el usuario decía esto, pero nunca recibió una respuesta. A pesar de todo, encontrar la cueva parecía haberse convertido en una cuestión de orgullo y desafío para Kenny, y él era implacable en su deseo de encontrar la misteriosa cueva.

Se aventuró a regresar al desierto el 10 de noviembre, para no volver nunca más. Su familia se preocupó rápidamente y las autoridades fueron informadas de su desaparición. Se realizaron esfuerzos de búsqueda y rescate, pero la única señal del explorador fue su teléfono celular, que cayó junto a un pozo de extracción profundo vertical. Por supuesto, parecía como si el desafortunado hombre se sumergió en su muerte, pero una búsqueda en la mina no arrojó ni una pizca de evidencia de su presencia. Tampoco se encontraron rastros en la vecindad, y una búsqueda más amplia no arrojó más resultados. Para todos los efectos, Kenny simplemente había desaparecido.

Las especulaciones se volvieron salvajes poco después. Algunos suponían que Kenny simplemente perdió el rumbo y murió por la exposición al desierto brutal o su vida silvestre. Otros afirmaron que se encontró con contrabandistas y fue asesinado. Al ver que toda la odisea comenzó con un comentario en un video documental sobre extraterrestres y encubrimientos del gobierno, tampoco faltaron las explicaciones paranormales y de juego sucio del gobierno. Cualquier cosa desde el secuestro de extranjeros hasta la liquidación por parte del gobierno era una posibilidad.

Una explicación menos fantástica, pero también interesante, a la que algunos se atribuyen, es que Kenny fingió su propia muerte o se suicidó. Esto tal vez se corrobore con la información posterior que Kenny estaba pasando por momentos difíciles económicamente y endeudándose.

Las cosas se pusieron aún más forzadas cuando su novia publicó un largo comentario en su video de búsqueda de la cueva M, afirmando que es su creencia de que Kenny se había suicidado. Mencionó que Kenny había experimentado depresión en el pasado y discutió el suicidio con ella en un par de ocasiones. Más peculiarmente, ella dijo que Kenny hipotetizó que si alguna vez decidía hacerlo, nadie sería capaz de encontrarlo.

Si bien la historia de sus comunicaciones en las redes sociales y su desaparición es fácilmente confirmable, nunca se han obtenido resultados concluyentes de ninguna investigación. ¿Acaso Kenny tropezó con algo que no debería haber visto o toda la historia fue solo una intrincada estratagema para cometer el suicidio perfecto o desaparecer en una nueva vida? Todo es posible cuando los detalles son tan escasos, pero todo lo que condujo a la desaparición de Kenny Veach ciertamente tiene una legitimidad espeluznante y aterradora.

Capítulo 14:
El Lado Oscuro de YouTube

Para la mayoría de las personas, YouTube no es más que un lugar para el entretenimiento rápido, inofensivo e inocente, que generalmente involucra mascotas lindas, videos divertidos de personas que se caen de los trampolines o niños que actúan tontamente. Sin embargo, como has resumido del capítulo anterior o tal vez a través de tu propia navegación web, también se pueden encontrar todo tipo de otras cosas en la plataforma.

A veces, uno puede encontrarse con un contenido profundamente inquietante, incluso de aquellos canales que no tratan específicamente con personas impactantes o que producen contenido aterrador. Aún así, a veces se ve de esa manera. En ese sentido, algunos Youtubers se han encontrado con una variedad de imágenes perturbadoras mientras producen su contenido a lo largo de los años, y algunos de ellos terminan con cuerpos muertos en sus cámaras, a sabiendas o no.

Un video de este tipo fue subido por un usuario que lleva el nombre de "marcelstjean" en 2014. Él es un vlogger canadiense con un seguimiento modesto de un poco más de once mil suscriptores en YouTube en la actualidad. Ese día en particular, marcelstjean estaba filmando tomas cuando se dirigía a un festival en Ontario, cuando se cruzó en la calle con un grupo de hombres que estaban visiblemente ebrios o intoxicados.

Tres de los hombres estaban hablando y borrachos dando tumbos por el lugar, pero otros dos yacían en el pavimento, cerca de un edificio cercano, con una botella de licor casi vacía a su lado. El vlogger decidió acercarse y verificar que estaban bien, creyendo en este punto que ambos estaban borrachos y fuera de sí.

Inspeccionó al primer hombre cuya cara estaba cubierta por una sudadera con capucha, solo para descubrir que, de hecho, estaba demasiado borracho. Sin embargo, tan pronto como el hombre comenzó a inspeccionar a la otra persona, era evidente que estaba espeluznantemente frío e no respondía. Revisó el pulso del pobre hombre y rápidamente era claro que el individuo probablemente estaba muerto.

A pesar de la repentina comprensión de que estaban filmando a un hombre muerto, *marcelstjean* y su compañero se mantuvieron calmos y serenos e inmediatamente llamaron a una ambulancia, que se presentó con prontitud y resolvió la situación. La policía también llegó para interrogar a los testigos, y la trágica prueba llegó a su conclusión.

Además de los buenos vlogs anticuados, otra tendencia que ha ganado un impulso significativo en los últimos años es la exploración urbana, que tiene una base considerable en YouTube. Estos chicos hacen que explorar edificios viejos y abandonados que han sido abandonados por largo tiempo, como fábricas, hospitales, prisiones, complejos de apartamentos o incluso funerarias, sea un pasatiempo interesante.

Una antigua funeraria llamada Memorial Mound fue exactamente lo que un grupo de exploradores liderados por Matt Glasscock exploró en 2015, cerca de Birmingham, Alabama. Inicialmente, encontraron justo lo que se esperaría de una funeraria abandonada: mucho polvo, bastantes ataúdes y una atmósfera escalofriante.

Sin embargo, cuando comenzaron a inspeccionar más las instalaciones y realmente abrieron algunos de los ataúdes, por alguna razón, encontraron que uno de ellos contenía lo que parecía ser una bolsa llena de restos humanos. En su mayoría eran huesos y el equipo de exploradores capturó y cargó imágenes que muestran los restos de al menos un cadáver descompuesto por mucho tiempo. Este video aún se puede ver en el canal de YouTube de Matt.

No mucho después de su descubrimiento, la policía se involucró y finalmente identificaron los restos de ocho personas que quedaron en el mausoleo, una de las cuales era en realidad un bebé. Cómo exactamente los restos de ocho cuerpos lograron deslizarse a través de las grietas, por así decirlo, y quedaron tendidos alrededor de una funeraria abandonada sigue siendo un objeto de misterio. La policía y la oficina forense local rápidamente iniciaron el proceso de ponerse en contacto con las familias y los familiares de los fallecidos para hacer los arreglos finales.

Hay muchos otros casos de exploradores urbanos que supuestamente se topan con cadáveres en sus aventuras, pero muchos de los incidentes posiblemente son falsos. Un video particularmente inquietante y convincente fue cargado en 2016 por un canal relativamente grande perteneciente a Uosof Ahmadi. En el video se muestra a él y a un amigo tratando de entrar en una casa abandonada por la noche. Incapaces de atravesar la puerta, los dos se subieron para echar un vistazo al interior a través de una de las ventanas abiertas, solo para encontrar y registrar lo que parece ser un cuerpo envuelto en sábanas blancas empapadas de sangre.

Luego, los dos escapan rápidamente y el video muestra las imágenes de una ambulancia cercana. Aunque ciertamente inquietante y convincente, la veracidad del video se ve muy disminuida por la falta de historias oficiales y artículos sobre el incidente, así como por el hecho de que el canal tiene una gama de otros videos similares. Sea como sea, vale la pena echarle un vistazo al video, ya que definitivamente es una pieza de terror de calidad y macabra.

Aunque a veces es difícil decir qué es cierto y qué es un mero truco publicitario, ciertamente no es complicado imaginar que las personas que exploran esas áreas en los principales centros urbanos seguramente se toparán tarde o temprano con algo desagradable. Esto es especialmente cierto para los lugares con una tasa considerable de crímenes violentos, y sería menos que sorprendente ver a un explorador urbano obtener más de lo que esperaba en un día de estos.

Capítulo 15:
La Extraña Desaparición de Lars Mittank

Ha habido muchas conjeturas sobre la desaparición de Lars Mittank. Los internautas de todo el mundo se han preguntado qué causó que Mittank se comportara tan extrañamente y luego desapareciera de la manera en que lo hizo. Se han propuesto todo tipo de teorías, desde el comportamiento errático debido a una lesión en el cerebro hasta el temor genuino de que alguien lo haya atrapado. Una cosa es segura. En 2014, Mittank fue capturado en las cámaras de vigilancia comportándose de manera muy extraña y poco después desapareció. Nadie hasta hoy sabe lo que le sucedió al joven.

En julio de 2014, Lars Mittank, un turista alemán de 28 años, se fue de vacaciones a Bulgaria con algunos de sus amigos. The Golden Sands en Bulgaria, a donde se dirigían Mittank y sus amigos, es un destino popular para la multitud de jóvenes turistas de Alemania e Inglaterra. Durante estas vacaciones, estaba festejando en la playa un día cuando se peleó con otros turistas. Parece que las dos partes estaban peleando por el fútbol. Mittank era un ferviente admirador del club de fútbol Werder Bremen. Se enfrentó a algunos seguidores búlgaros o rusos del equipo del Bayern de Múnich. Como algo que parece natural en el fútbol, la discusión se convirtió en una pelea total.

Mittank sufrió una lesión leve en el oído como resultado de la pelea. Cuando sus vacaciones llegaron a su fin, fue a un médico por la herida. El médico le dijo que no viajara en avión y le dio un antibiótico conocido como Cefuroxime 500. También aconsejó a Mittank que fuera a un hospital.

Parece que Mittank decidió seguir el consejo del médico y permanecer en Bulgaria para recibir tratamiento adicional. Les dijo a sus amigos que regresaran a Alemania sin él y alquiló una habitación en un albergue que estaba ubicado en la sección más sórdida de la ciudad. Fue la última vez que lo vieron.

Esa noche llamó a su madre y le dijo que temía por su vida. Le suplicó que cancelara su tarjeta de crédito y le dijo que temía que alguien lo estaba siguiendo. Dijo que "...lo estaban siguiendo cuatro hombres..." y le habían preguntado para qué eran las píldoras que llevaba (eran los antibióticos que le había recetado el médico).

Al día siguiente, Mittank se dirigió al aeropuerto. Lo que sucedió después quedó grabado en las cámaras de vigilancia dentro y fuera del aeropuerto. Al principio, puedes ver a Mittank caminando normalmente, aunque un poco rápido, hacia el aeropuerto llevando su equipaje. Una cámara de vigilancia lo muestra yendo a la oficina del doctor en el aeropuerto. Hasta aquí todo bien.

Lo que viene a continuación es la parte espeluznante. Después de algún tiempo, puedes ver a Mittank salir corriendo del consultorio del médico a toda velocidad, sin su bolso y su maleta. Una cámara instalada frente a la entrada y la salida del aeropuerto muestra a Mittank corriendo erráticamente de un lado a otro. La grabación final se toma nuevamente de una cámara de vigilancia del aeropuerto. Muestra a Mittank corriendo a lo largo del camino en la distancia. De repente, se mueve a su izquierda y sube una valla. Él corre hacia el bosque que rodea el aeropuerto. Esa es la última vez que alguien vio algo de él.

Las especulaciones abundan sobre lo que causó que Mittank saliera corriendo del aeropuerto como si todos los sabuesos del infierno lo persiguieran. Algunas personas piensan que el comportamiento errático de Mittank podría atribuirse a la lesión en el oído que sufrió debido a la pelea. Del mismo modo, otros creen que sufrió una lesión en la cabeza debido a la misma pelea y que resultó en su paranoia y comportamiento posterior.

Sin embargo, hay teorías más oscuras por ahí. Hay personas que creen que Mittank no fue paranoico en absoluto, ni sufrió ninguna lesión traumática que comprometió su juicio. Creen que las razones de su miedo fueron muy reales. Podrían ser los turistas rusos o búlgaros con los que tuvo una pelea. El resultado de la pelea no se conoce por lo que podría ser posible que lo acosaran para vengarse. Cuando la policía comenzó a investigar la desaparición de Mittank, pidieron que esos turistas se presentaran. Ninguno lo hizo.

Otra posibilidad es que Mittank viera u oyera algo en su hostal que se suponía que no debía. El albergue estaba ubicado en una parte de la ciudad que no es tan moderna ni exclusiva. Es posible que haya escuchado un trato de drogas que estaba en marcha o algo por el estilo. Su llamada telefónica a su madre ciertamente parecía indicar que temía a alguien. Era lo suficientemente específico como para decirle a su madre que cancelara sus tarjetas de crédito. Se podría decir que no quería que nadie supiera dónde estaba a través de sus compras con tarjeta de crédito.

La forma en que Mittank salió corriendo del consultorio del médico indica claramente que tenía un propósito. Al principio, puedes pensar que estaba persiguiendo a alguien. Pero cuando se mira con cuidado te das cuenta de que estaba **huyendo** de algo o alguien, que no estaba corriendo hacia eso o esa persona. Por supuesto, lo que es completamente alucinante es el hecho de que él sale corriendo del aeropuerto y decide que el bosque es su mejor esperanza para tener seguridad.

Cuando la historia de su desaparición se transmitió en Bulgaria, un camionero se adelantó y dijo que había recogido a alguien que se parecía mucho a Mittank. Esto sucedió alrededor de la Pascua de 2015. La persona que recogió estaba haciendo señas con el dedo y parecía bastante despeinada. No hay garantía de que esta persona fuera realmente Mittank.

¿Estaba Lars Mittank sufriendo algún tipo de paranoia e ilusión debido a su lesión en el oído o cualquier lesión en la cabeza que pudo haber recibido durante la pelea? Su decisión de no volver a casa debido al consejo del médico ciertamente parece indicar lo contrario. Además, los amigos con los que estaba no especificaron que se había comportado erráticamente mientras estuvo con ellos después de la lesión. Entonces, ¿esto significa que los temores de Mittank eran reales? ¿Realmente temía por su vida? ¿Quiénes eran los hombres con los que había peleado en la playa? ¿Por qué no se presentaron cuando la policía estaba haciendo averiguaciones? ¿Eran iguales a los hombres que Mittank creía que lo seguían? Si no, ¿quiénes eran estos nuevos participantes y de dónde venían? ¿Por qué querían saber para qué eran las píldoras de Lars? ¿Qué hizo que Lars creyera que su vida estaba en peligro en absoluto? Y finalmente, ¿qué hizo que Lars Mittank saliera corriendo del consultorio del médico de la manera en que lo hizo y desapareciera en el bosque?

Hasta el día de hoy, no hay respuestas específicas a estas preguntas. Las imágenes de la cámara de vigilancia del aeropuerto no han explicado mucho y solo plantean más teorías de conspiración. La única persona que sabe lo que está pasando es el mismo Mittank, y no está en ninguna parte.

Capítulo 16:
Demonio en la Casa

Imagina que finalmente encontraste la casa de tus sueños. Es una casa grande, una propiedad en expansión, del tamaño adecuado para entretener con gracia a los visitantes, la distancia perfecta entre el trabajo y la escuela, y lo más importante, tiene un precio justo. Ben y Jamie Shea encontraron una casa así. Los sueños pueden hacerse realidad, ¿verdad? Pero a veces, también olvidamos que los sueños también pueden convertirse en pesadillas. ¿Qué dicen sobre algo que parece demasiado bueno para ser verdad? Vamos a averiguarlo.

En octubre de 2003, Jamie y Ben Shea buscaban la casa de sus sueños. Finalmente encontraron una casa en Markham, Arkansas. La casa era vieja pero hermosa. También tenía suficiente espacio para albergar a su familia de cinco: Jamie, Ben y sus tres hijos, Tory, Bridger y Jackson. Había hermosos árboles alrededor de la casa y mucho espacio para que los niños jugaran. Era un viaje corto para Jamie, quien trabajaba como asistente legal en una ciudad vecina y Ben, quien trabajaba como enfermero en una fábrica ubicada cerca, mientras obtenía su título.

Cuando los Sheas estaban mirando la casa, encontraron un dormitorio en el segundo piso lleno de velas, pentagramas y otros símbolos ocultos. Si bien la pareja inicialmente se sintió perturbada por la vista, no pensaron demasiado en eso. Ben supuso que los adolescentes locales podrían haber entrado en la casa y que solo hicieron un desastre. Sin más preámbulos, la pareja hizo una oferta en la casa, y fue aceptada.

La familia Shea pronto se mudó y se estableció en una rutina regular. Ben trabajaba en el turno de noche en la fábrica y volvía a casa a dormir hasta las dos de la tarde. Luego se iría a sus clases. Jamie contrató a una niñera con experiencia para cuidar a Jackson, que tenía un año. Todo parecía ir bien.

Un día, después de que Jamie se fuera a trabajar y los dos niños mayores estaban en la escuela, Ben estaba profundamente dormido en su dormitorio. Se suponía que la niñera se estaba ocupando del pequeño Jackson. De repente, Ben se despertó con el llanto de Jackson, su hijo pequeño. El ruido provenía del monitor de bebés que estaba junto a la cama de Ben. Al principio, Ben no pensó nada y llamó a la niñera para que cuidara al bebé. El llanto, sin embargo, persistió. Ben se levantó y llamó a la niñera, pero no obtuvo respuesta. Somnoliento, subió las escaleras hasta la habitación del bebé, todavía llamando a la niñera. Nuevamente, él no obtuvo respuesta. Cuando entró a la habitación, lo que vio lo sorprendió por completo. Jackson no estaba en su cuna, pero el monitor de bebés se mantenía ordenadamente al lado.

Todavía estando no más que perplejo, Ben bajó las escaleras hacia la sala de estar. Allí encontró una nota que la niñera había dejado diciendo que se había llevado al bebé, se había ido de compras y que volvería pronto. No había nadie en la casa, aparte de Ben.

Ben estaba desconcertado. Sabía que no había imaginado los gritos y, sin embargo, no había señales de dónde podría haber venido el ruido. Definitivamente estaba asustado, pero no podía entender lo que acaba de pasar. Decidió no decirle nada a Jamie al respecto.

A Bridger, el hijo de cinco años de Ben y Jamie, le habían asignado el dormitorio donde habían encontrado las velas y los símbolos. Antes de irse a trabajar, Ben se aseguró de pasar tiempo poniendo a dormir a Bridger. Una noche, después de que Ben se había ido a trabajar, Bridger estaba profundamente dormido cuando ruidos fuertes lo despertaron en el medio de la noche. Parecía que había mucha gente en la sala y todos hablaban a la vez. Bridger estaba aterrorizado. Salió corriendo de su habitación y fue al dormitorio de sus padres, abajo, donde Jamie estaba durmiendo. Él le dijo que había escuchado a la gente hablando en su habitación. Jamie supuso que estaba teniendo pesadillas y lo dejó dormir con ella.

En la misma noche, Tory, de 8 años, cuyo dormitorio estaba al final del pasillo del de Bridger, se despertó alrededor de las 3 am por el sonido de encendido de uno de los juguetes de su hermano. Cuando fue a verificar qué era lo que hacía ruido, descubrió que los juguetes yacían en el suelo y que Bridger no estaba en su cama. Tory supuso que se estaba escondiendo, le dijo que guardara sus juguetes y volviera a dormir. Pero al salir de la habitación, escuchó el sonido de muchas personas hablando a la vez. Asustada, ella se fue a su propia habitación.

Los Shea no mencionaron los extraños sucesos que se estaban presenciando, y nada más ocurrió durante unas semanas más. Entonces, una noche, mientras los niños estaban dormidos y Jamie estaba sentada y trabajando en algunas cuentas, de repente oyó pasos. Ella se levantó para investigar porque sonaba como si los niños corrieran arriba y abajo de la escalera. Ella los llamó para que volvieran a la cama, pero no obtuvo respuesta. Cuando regresó a la mesa en la que había estado trabajando, hubo un golpe repentino en la habitación contigua, como si una puerta se hubiera cerrado con fuerza. Cuando salió corriendo, no vio puertas cerradas que pudieran haber hecho ese sonido. Jamie luego subió a ver a sus hijos y los encontró a todos profundamente dormidos.

Poco después de estos incidentes, la niñera le dijo a Jamie que escuchó a Jackson llorando a través del monitor de bebés. Pero cuando ella fue a verlo, él estaba profundamente dormido. Jamie estaba tan perturbada que decidió que tenía que compartir estos extraños sucesos con Ben. Ese fin de semana, ella le contó a Ben sobre lo que la niñera había experimentado. Enfrentado a esta realidad, Ben ya no podía dejar de lado su inquietud y le dijo a Jamie que también había tenido la misma experiencia.

De repente, fueron interrumpidos por un ruido. Sonaba como si una pelota rebotara hacia arriba y hacia abajo. Ben fue a ver a los niños y los encontró a todos profundamente dormidos. Desconcertados, el esposo y la esposa tuvieron reacciones muy diferentes. Mientras Ben intentaba desestimar el ruido como el sonido de una casa vieja, Jamie no era tan optimista. Ella comenzó a preguntarse seriamente si su casa estaba embrujada.

Convencida de investigar, Jamie fue a la biblioteca local para buscar casas embrujadas en el área. Imagina su conmoción cuando la bibliotecaria que la ayudó a salir le dijo que no solo ella (la bibliotecaria) había crecido en una casa embrujada, sino que su casa embrujada de la infancia era la misma en la que Jamie y su familia vivían ahora. La bibliotecaria le dijo a Jamie que un niño pequeño se había caído por una ventana del segundo piso y había muerto. La ventana pertenecía a la misma habitación donde ahora dormía el hijo de Jamie, Bridger. Jamie se preocupó y le preguntó a la mujer si alguna vez había sentido miedo mientras vivía en esa casa. La mujer respondió negativamente. Ella dijo que creía que el fantasma del niño solo quería atención.

La actividad en la casa se calmó a medida que se acercaban las vacaciones. Una noche, Jamie estaba sentada en la mesa de su computadora ocupándose de algunos papeles. La computadora estaba apagada y el monitor estaba oscuro. Mientras trabajaba, miró hacia la pantalla de la computadora y lo que vio detrás de ella le heló la sangre.

Había una figura oscura y amortajada de pie justo detrás de ella. Ella podía verlo acercarse a ella. Más aterradoramente, ella podía sentirlo de pie allí. Asustada, Jamie llamó a Ben al trabajo. Casi incoherente con el miedo, ella le contó sobre lo que había visto y sentido. Ben trató de tranquilizarla y le prometió que estaría en casa lo antes posible.

Jamie ya no creía que el fantasma de un niño pequeño estaba rondando la casa. Estaba convencida de que todo lo que vivía en la casa con ellos era malo.

Después de esto, el extraño fenómeno se detuvo por un tiempo, pero los temores de Jamie no desaparecieron. Todavía sentía la presencia del mal en la casa. Sus sospechas pronto fueron justificadas. Jamie tuvo que recoger a Tory después de la escuela una tarde. Los dos regresaban a casa en el automóvil con Tory en el asiento trasero y Jamie hablando con ella, cuando de repente, de la nada, apareció un barril en medio de la carretera. Jamie frenó con fuerza, pero ella iba demasiado rápido, y su vehículo se volcó.

Cuando Jamie logró arrastrarse fuera del vehículo, se horrorizó al ver que Tory estaba boca abajo en el suelo y estaba atrapada debajo del vehículo. Sus heridas eran sustanciales, y la llevaron al hospital de inmediato. Cuando la pareja llegó al hospital, recibieron más malas noticias. Los doctores pensaban que la espalda de Tory estaba fracturada. Tenía fracturas por compresión en muchas de sus vértebras. Los Shea estaban angustiados y paralizados por la desesperación, preguntándose si alguna vez su hija volvería a caminar.

Eventualmente, el hospital le dio de alta a Tory para que se fuera con sus padres. Ella pudo regresar a casa dos semanas después del accidente, justo a tiempo para Navidad. Sin embargo, ella estaba postrada en la cama. Tomaría largos meses de recuperación y fisioterapia antes de poder recuperar el uso de sus piernas.

Durante varias semanas después, Ben y Jamie estaban demasiado concentrados en la recuperación de Tory como para prestarle mucha atención a cualquier actividad inexplicable. Sin embargo, todo eso cambió una noche. Bridger bajó las escaleras, quejándose de que las personas en su habitación no lo dejaban dormir. Perturbada, Jamie dejó a su hijo con su padre y subió a ver cómo estaba el bebé. Afortunadamente, el bebé estaba durmiendo como... bueno, un bebé. No había sido perturbado por los ruidos que habían asustado a su hermano. Inconforme, Jamie bajó las escaleras. Ella y Ben estuvieron de acuerdo en que Bridger dormiría en su habitación esa noche.

Todo iba bien, hasta que la pareja y su hijo se durmieron. De repente, Jamie sintió como si alguien tirara de su cabello. Suponiendo que su marido la estuviera molestando, ella le pidió que se detuviera. Sin embargo, cuando se volvió para mirar, Ben estaba demasiado lejos como para haber hecho algo. Mientras la pareja se miraba consternada, la cama comenzó a temblar violentamente. Saltaron de la cama, y Jamie agarró a Bridger, mientras que Ben subía a buscar el bebé. Pasaron la noche en la sala de estar con Tory, que había estado durmiendo allí desde su accidente.

Después de soportar esa noche de terror, Ben y Jamie decidieron que necesitaban ayuda para descubrir qué estaba pasando en su casa. Se pusieron en contacto con la Sociedad Central de Arkansas para Investigación Paranormal o

CASPR. Los investigadores acordaron venir y echar un vistazo a la casa. Una vez que Tory se había recuperado lo suficiente como para ser trasladada, fue enviada a la casa de la niñera junto con sus hermanos.

Esa noche, los investigadores llegaron. Era un equipo de marido y mujer, que también fue con su hija. Alan Gold se concentró en encontrar evidencia para verificar el embrujo. Su esposa Angela y su hija Violet eran videntes. Estuvieron acompañados por otra investigadora paranormal, Karen Shillings.

Karen había descubierto que la casa tenía más de doscientos años. Se había utilizado como una estación de paso, o un punto de parada en viajes largos, en un punto del tiempo. El hecho de que tantas personas hayan vivido o pasado por la casa hizo que se convirtiera en terreno rico para la actividad paranormal.

Angela y Violet decidieron caminar por la casa para descubrir si podían sentir algo. Mientras tanto, Alan instaló su equipo, compuesto principalmente por cámaras, en todas las habitaciones. Cuando las dos mujeres llegaron al segundo piso, inmediatamente tuvieron un mal presentimiento, y esa sensación parecía provenir de la habitación de Bridger. Cuando las dos psíquicas entraron en la habitación, Violet sintió que había alguien en la habitación a su lado. Al principio, la presencia parecía benigna, quizás asustada. Ella sintió que eso quería hacer contacto con ellos, pero que tenía demasiado miedo para hacerlo.

De repente, la sala se llenó de gente, todos hablando en voz alta y dando la sensación general de que las dos mujeres no deberían estar allí. Y luego, todos los ruidos fuertes con gente hablando desaparecieron repentinamente tan rápido como se les había aparecido. Y las 2 mujeres tenían miedo porque la presencia que vino después en la habitación irradiaba maldad pura y carecía de humanidad. Las mujeres volvieron a bajar y les contaron a Jamie y Ben Shea lo que habían encontrado.

Angela decidió tratar de comunicarse con los diferentes espíritus. Ella sacó una tabla Ouija. Ben no estaba demasiado impresionado y decidió manejar el planchette para que no hubiera empujones ni tirones. Angela comenzó a hacer preguntas sobre la entidad oscura. Al principio, no pasó nada. Sin embargo, pronto el planchette comenzó a moverse. En respuesta a la pregunta, "¿Cuál es tu nombre?" la palabra "SETH" fue deletreada. Después de algunas preguntas más que obtuvieron una respuesta indiferente, Alan decidió preguntarle al espíritu cuándo había vivido. La respuesta fue escalofriante. "Nunca", respondió.

Esto sorprendió tanto a los investigadores como a la pareja. No estaban tratando con espíritus comunes aquí. Si Seth nunca hubiera vivido ni muerto, lo más probable era que fuera una entidad demoníaca. Ben retiró los dedos del planchette y se aferró a la mano de su esposa. Cuando hizo eso, el planchette comenzó a moverse por sí solo.

Alan preguntó a la entidad que si lo habían visto. La respuesta fue sí. De repente, el planchette se movió por el tablero y señaló hacia el monitor que estaba conectado a la cámara de arriba. Alan encendió el monitor. Luego, todos observaron con terror cómo una figura negra y amortajada se movía desde el pasillo a la habitación de Bridger. Parecía estar flotando en un momento, y balanceándose en otro. Sus movimientos eran verdaderamente inhumanos. Sobre todo, había una sensación de maldad y malicia tan palpable que emanaba de lo que todos los reunidos en la sala de abajo podían sentir.

Cuando los investigadores le preguntaron a los Sheas si habían hecho algo, como adivinar o conjurar algo que podría haber atraído a la entidad, la pareja respondió negativamente. Luego recordaron lo que habían encontrado en la habitación de Bridger antes de mudarse, todos los signos de una ceremonia oculta. Los investigadores se pusieron serios. Dijeron que quienquiera que hubiera realizado las ceremonias allí había dejado una especie de puerta de entrada abierta, a través de la cual una entidad como Seth pudo pasar. Esto es lo que temían que hubiera sucedido.

Angela y Violet decidieron realizar una limpieza ritual para alejar al espíritu maligno. Como si hubiera escuchado sus planes, el espíritu de repente comenzó a hacer que el planchette se moviera de nuevo. Entonces las luces comenzaron a parpadear.

Los dos videntes encendieron salvia y comenzaron a cantar una oración, pidiéndole a Dios que protegiera la casa y que ayudara a deshacerse de los espíritus negativos que estaban allí. Dejaron que el humo se propagara en cada parte de cada habitación, comenzando en la habitación de Bridger. Sintieron como si Seth empujara contra sus pechos tratando de que dejaran la casa sola. Sin embargo, perseveraron y, después de una prolongada batalla, pudieron expulsar a Seth de la propiedad. Para asegurarse de que no pudiera regresar, trazaron una línea de sal alrededor de la casa. Como la sal se considera una sustancia pura, se cree que el mal y la negatividad no pueden atravesarla.

Una vez que terminaron, volvieron a entrar. El ambiente en la casa había cambiado por completo. Había ligereza en el aire, y la pesada sensación de opresión había desaparecido. Ya no había ese sentido del mal y amenaza que había vivido en la casa junto a la familia durante tanto tiempo. La entidad malvada había desaparecido, pero los espíritus humanos que habían quedado atrapados allí se quedarían. Pero no tenían sentido del mal, dijeron los investigadores.

Los Sheas agradecieron muchísimo a los investigadores. Se había resuelto un gran problema y sus hijos ahora estarían a salvo. Los niños volvieron al día siguiente y durante los siguientes meses la familia disfrutó de vivir en la casa sin presencia maligna o acontecimientos extraños que estropearan su felicidad. Tory se había recuperado completamente del horrendo accidente y había vuelto a la normalidad. La familia consideró su recuperación como un milagro, teniendo en cuenta la gravedad de su lesión. Pero lamentablemente, estos días felices y sin preocupaciones no durarían.

Un fin de semana, después de que los niños se habían acostado, Jamie se sentó en la sala de estar a trabajar. Estaba hablando con Ben cuando de repente escucharon un sonido sobrenatural detrás de ellos. Se volvieron para ver a Bridger parado allí. Aturdido por el ruido que había emitido, Jamie le preguntó si se sentía bien. Bridger no respondió, simplemente se detuvo al pie de la escalera y miró a sus padres. Preocupados, se movieron rápidamente hacia él, y Jamie lo agarró de sus brazos. De repente, fue como si Bridger hubiera despertado. Se miró a sí mismo y miró a sus padres con terror. "¿Cómo llegué aquí?" él les preguntó.

Ben y Jamie estaban horrorizados. Habían creído que la entidad llamada Seth había desaparecido. No había habido actividad paranormal, ruidos inexplicables y ningún sentido de opresión en la casa. Ahora se sentía como si todo volviera rápidamente. Jamie dejó a Bridger con Ben y corrió escaleras arriba para recoger a Tory y Jackson. Ella corrió a la habitación de Jackson y lo agarró de la cuna. Mientras salía corriendo de la habitación, oyó voces. Eran dos, y seguían haciéndose cada vez más fuertes. Aterrorizada, salió al pasillo, alejándose de la habitación de Bridger, y encontró a Tory parada frente a ella, paralizada de terror. Cuando corrió hacia su hija, se dio cuenta de que Tory estaba mirando algo detrás de ella.

Lentamente, Jamie se volteó. Lo que vio frente a sus ojos fue increíble y realmente horrible. Allí, en la entrada de la habitación de Bridger, se encontraba lo que parecía la misma entidad que habían expulsado muchos meses antes. Jamie no podía creer lo que veía. Parecía como si Seth, y todo el mal que esta presencia maléfica tenía a su disposición, estaba de vuelta en su casa.

Jamie agarró a Tory y corrió escaleras abajo. Estaba aterrorizada y seguía pensando que no iban a pasar por esto otra vez. La familia salió de la casa en ese mismo momento y se montaron en su minivan. Sabían que si continuaban viviendo allí, tendrían que pasar por el terror otra vez.

Al día siguiente, la pareja puso su casa en venta en el mercado y se mudaron a un departamento en el área. Poco después, Ben obtuvo su título. Y entonces la familia hizo su hogar lejos de lo que una vez había sido su "casa de sus sueños".

La forma en que la entidad malvada regresó a la casa, o cómo entró otra entidad, es algo así como un misterio. Se ha especulado que la puerta de entrada que fue abierta por las personas que habían realizado los ritos ocultos antes de que los Shea se mudaran, era demasiado poderosa y no se pudo cerrar adecuadamente. Este vacío malvado estaría abierto permanentemente. Por lo tanto, a pesar de que Seth se había ido, otras entidades demoníacas podrían continuar encontrando su camino hacia la casa. La familia se dio por vencida en la casa de sus sueños, dándose cuenta de que el desafortunado lugar iba a seguir embrujado. Y entonces decidieron hacer una nueva y feliz vida para su familia en otro lado.

Si bien muchos escépticos pueden señalar explicaciones alternativas, no hay duda alguna de que algo extraño y antinatural estaba sucediendo en esa casa. El sonido del bebé llorando cuando Jackson ni siquiera estaba en casa, la multitud hablando en voz alta en la habitación de Bridger, los juguetes girando solos, la aparición maligna en negro que Jamie vio en la pantalla de su computadora, la cama temblando con tanta fuerza que todo el mundo estuvo a punto de perder el conocimiento, los investigadores documentan en tiempo real la presencia paranormal y el sentido general de opresión y mal: hay demasiadas cosas que desafían una explicación racional. La credulidad no es algo que parece ser el caso aquí, porque Ben, al menos, no era creyente. Sin embargo, lo que él, su esposa y sus hijos presenciaron personalmente y experimentaron, lo hizo cambiar de opinión.

Puede haber muchas razones por las cuales el mal está presente en alguna parte. Tal vez ha sido invitado allí, o tal vez simplemente haya existido en ese lugar todo el tiempo. No se puede especular porque hay explicaciones ilimitadas. Sin embargo, la fe y la buena intención deben recorrer un largo camino para eliminar este mal de nuestra presencia. Angela y Violet demostraron esta fe y buena intención. También mostraron fortaleza y determinación frente al mal, y pudieron perseguirlo con la fuerza de su convicción y buenas intenciones. Esa es quizás la verdadera lección que se puede aprender de este cuento.

Capítulo 17:
Cosas Que Buscarás en Google
Pero No Deberías

La humanidad realmente es un fascinante colectivo de criaturas pero, como todos sabemos, los humanos tienen una oscuridad inevitable dentro de ellos. Si el Internet ha conectado a personas de todo el mundo como nunca antes, también se ha convertido en un reflejo de todo lo bueno y lo que es aterrador. Como probablemente sabrás, el Internet puede ser un lugar bastante oscuro y siniestro, y si nos fijamos en ciertas partes de él, puedes encontrar que un carrete de depravación y horror desgarrador está solo a unos pocos clics de distancia.

El sentido común a menudo nos impide buscar cosas terribles en línea, pero muchos de nosotros simplemente no podemos evitar dar rienda suelta a nuestra curiosidad mórbida. Sea como sea, hay algunas cosas específicas que se nombrarán que nunca deberías buscar, aunque es probable que lo hagas.

Para empezar, muchas personas han oído hablar de algo llamado "Pain Olympics" (Olimpiadas del Dolor) . Aunque el fenómeno puede haber disminuido un poco en los últimos años, hubo un momento en el que "¿Has visto Pain Olympics?" era una pregunta que solía aparecer con frecuencia en las fiestas y otras reuniones, hecha por esa persona nerviosa que siempre está dispuesta a sorprender a todos los presentes.

En esencia, a pesar de que obtuvo su nombre en otra parte, Pain Olympics es un video que se volvió viral hace unos años en línea y que desde entonces se ha convertido en una bestia mítica de Internet. El video original muestra a dos hombres participando en una competencia de quién puede causar el daño más impactante en sus propios genitales. A pesar de que el video es impactante, la versión original no fue más que una ingeniosa pieza de imágenes escenificadas que fue presentada por la revista en línea BME, que se enfoca en la modificación corporal extrema.

Sin embargo, la popularidad del video puede haber dado lugar a numerosos spin-offs y videos de imitación creados por diferentes personas a lo largo de los años. El nombre de Pain Olympics se ha asociado a todo tipo de contenido, algunos de los cuales pueden ser aún más impactantes pero realmente reales. Una vez que comienzas a buscar, no hay forma de saber exactamente dónde aterrizarás.

Mientras que un contenido como ese se basa en el valor de shock directo a través de la sangre, otras cosas por ahí son simplemente inquietante y espeluznantes en su rareza. Si bien no es algo que no debas buscar per se, el canal de YouTube llamado "nasajim108" ciertamente tiene las cualidades antes mencionadas. La descripción del canal es directa, simplemente indicando, "Estos son una serie de videos que mi cliente solicitó que se liberaran después de su muerte".

Los videos son cortos y la mayoría de ellos están titulados como confesiones de un científico moribundo de la NASA, por lo general revelando cierta verdad sobre cosas como la sociedad secreta Illuminati, la de ellos y el contacto del gobierno de EE. UU, con seres extraterrestres, especies alienígenas subterráneas en Marte y cosas así. Los videos comenzaron a subir hace unos nueve años y actualmente hay un total de quince videos cargados.

Si bien es de esperar que todos estos videos simplemente muestren grabaciones o entrevistas del supuesto científico de la NASA, algunos de ellos hacen cualquier cosa menos eso. Algunos de los videos realmente desafían la explicación y deben ser vistos personalmente para ser creídos.

Cuando se trata de contenido extraño y algo inquietante, en su mayoría te encontrarás perfectamente seguro en YouTube. Después de todo, esta es una plataforma muy moderada y estrictamente controlada. Sin embargo, hay otros lugares que son igual de fáciles de acceder, sin embargo, son un estadio completamente diferente.

Si has estado activo en Internet durante al menos un par de años, es muy probable que hayas oído hablar de los temidos foros de 4chan. Este es un sitio web que es completamente legal y, a primera vista, nada parece estar mal en el sitio, y en realidad es perfectamente normal en su mayor parte. 4chan consiste en numerosos "tableros", similares a los subreddits de Reddit, que se enfocan en diferentes temas para atraer y reunir a personas con diferentes intereses, ya sean videojuegos, política, películas, pornografía o cualquier otra cosa que la gente busque en línea.

Sin embargo, el tablero "aleatorio" de 4chan, o "/b/", es donde reside aquello que mucha gente teme. Esta sección del sitio web tiene una sola regla simple: ninguna actividad y contenido ilegal, como la pornografía infantil. Prácticamente todo lo demás vale; pornografía hardcore, imágenes horripilantes de sangre derramada y otros materiales, fotos de escenas del crimen, fetiches sexuales verdaderamente fuera de lo común, abuso de animales, tortura y prácticamente cualquier otra depravación que se te ocurra.

Puedes sorprenderte, ya que es posible que ni siquiera sepas la simple verdad de que dicho material no es de ninguna manera ilegal si se quiere publicar o ver, y depende de los sitios web individuales decidir si lo permiten o no. Viendo que 4chan/b/ es un enlace de superficie que está disponible para todos en línea, cualquier niño con una computadora puede acceder a él, y probablemente lo haga.

Lo creas o no, el contenido impactante que se puedes encontrar en este foro debe ser la menor de tus preocupaciones. La verdadera belleza oscura de este lugar es el anonimato total que le da a sus visitantes, que simplemente se refieren el uno al otro como "anons", que es la abreviatura de anónimo.

Como puedes imaginar, no hay reglas y el anonimato total hacen maravillas para sacar lo peor de las personas. Muchos de los visitantes que frecuentan esta junta lo hacen solo para desatar sus demonios más oscuros y frustraciones internas contra el mundo. Esto a menudo implica arruinar las vidas de personas desprevenidas, lo cual es algo así como un pasatiempo para los aburridos veteranos del tablero. Algunas de estas personas son muy hábiles en programación y piratería, lo que los hace muy peligrosos en nuestros días.

De hecho, la mayoría de las personas que están al menos familiarizadas con la cultura de Internet ya saben que los usuarios de 4chan han estado involucrados en bastantes ataques de hacking y dox de alto perfil a lo largo de los años. Se dice que fue el tablero de 4chan/b/ lo que provocó la existencia del infame grupo de hackers "Anonymous" en primer lugar.

Cualquier usuario de Internet inexperto que no sea tan inteligente con las computadoras y protegiendo la información personal puede ser bastante vulnerable si vagabundea por estas partes de la web. Todo lo que se necesita es un deslizamiento y alguien podría engañarte y arruinar mucho más que solo tu día.

De manera retorcida, parece haber un código rudimentario de "ética" entre los visitantes activos con respecto a estos ataques personales, indicando que no actuarán a petición personal de otros visitantes que tengan un conflicto con alguien en su vida. A pesar de esto, mucha gente vendrá a 4chan y publicará información personal sobre sus enemigos o simplemente sobre alguien que no les gusta, esperando que alguien en el tablero tome la información y la use para dañar al objetivo.

Tal vez lo más aterrador para el tipo promedio sea el hecho de que 4chan también ha sido un lugar frecuentado por asesinos y otros delincuentes. Esos individuos a veces vienen al foro a jactarse de sus malas acciones o incluso a anunciarlos antes de cometer un crimen.

Uno de esos casos ocurrió en 2014, cuando un hombre llamado David Kalac fue arrestado en el estado de Washington después de entregarse por el asesinato de su novia. El hombre de treinta y tres años había estrangulado a la mujer, le tomó fotos de ella y las publicó en 4chan. Como si eso no fuera lo suficientemente alocado, incluso habló de ello en el hilo que comenzó en el tablero, publicando que "era mucho más difícil estrangular a alguien hasta morir de lo que parece en las películas" y que "ella luchó tan duramente"

Luego reconoció en el mismo hilo que iba a dejarla allí tumbada con pleno conocimiento de que su hijo de trece años vendría a encontrarla muerta después de que volviera a casa de la escuela, lo cual fue exactamente lo que sucedió.

Aunque el asesino se entregó a la policía, afirmó en el sitio web que era su deseo de ser asesinado por las fuerzas del orden público, cometiendo un "suicidio por un policía". La policía más tarde confirmó que había una gran probabilidad de que Kalac fuera el hombre que publicó el hilo.

También se sospecha que el tirador masivo de Oregón en 2015, que mató a tiros a diez personas en el Umpqua Community College, había anunciado su ataque el día anterior en uno de los tableros de 4chan. Un mensaje ominoso en uno de los hilos simplemente decía: "No vayas a la escuela mañana si estás en el noroeste". Si uno fuera a publicar un mensaje de este tipo en YouTube, Facebook o cualquier sitio similar, esperaría que mucha gente criticara al usuario que lo publica como un loco, tratando de detenerlo e implorando que no siga ese camino, pero no en 4chan. El mensaje anónimo en cuestión recibió respuestas que lo animaron, instándolo a hacerlo.

Como puedes ver, este es un sitio a evitar no solo con la esperanza de no estar expuesto a imágenes y videos terribles, sino también por la seguridad personal. 4chan y sitios similares ofrecen un patio diabólico donde los aspectos más oscuros del hombre pueden brillar y recorrer todo, pero sin control.

Conclusión

Espero que hayan disfrutado sus historias de horror y que estén aterrados. Ahora, podrían estar cuestionando si la idea de demonios, fantasmas y espíritus malignos es realmente tan descabellada. Muchas de las historias aquí ocurrieron hace cientos de años, pero algunas también tuvieron lugar en la última década. La gente ha afirmado ver seres sobrenaturales durante cientos de años, hecho que se remonta a los egipcios cuando enterraron a sus muertos con algunas de sus posesiones terrenales para llevarlos a la siguiente vida. Sin embargo, algunas entidades quedaron atrapadas en este mundo, incapaces de seguir hacia adelante y avanzar a lo que yace más allá del vacío de la vida y la muerte.

Muchos místicos y psíquicos mientras hacen sus lecturas de energía, afirman que cuando un trauma horrible le sucede a las personas justo antes de su muerte, y no mueren pacíficamente, su espíritu no puede cruzar y queda atrás en el limbo. Cuando el espíritu no tiene a donde ir, y no puede unirse a sus seres queridos y familiares en el otro mundo, el espíritu se enoja. Al darse cuenta de que el espíritu no tiene que obedecer las leyes del mundo en el que está atrapado, y que posee una ira increíble por lo que ha sucedido junto con la incapacidad de seguir adelante, muchos espíritus pueden volverse violentos. Los espíritus violentos son los seres que fueron agraviados y actúan de manera agresiva y peligrosa.

Esto puede ser solo una compilación corta de historias de terror verdaderas, sin embargo, ¡estas no son las únicas historias de terror que existen! Esta es una recopilación cuidadosamente seleccionada de algunas de las ocurrencias más aterradoras e inexplicables en todo el mundo. Pero no hace falta decir que cada día ocurren cosas extrañas y que muchas nunca se denuncian a la policía ni a los medios de comunicación, ni siquiera a amigos y familiares. Tal vez esa puerta que creías que estaba abierta y ahora está cerrada, estaba realmente abierta. Esa luz parpadeante puede ser un poco más aterradora ahora, y los arañazos que provienen del techo pueden hacer que te preguntes si deberías siquiera moverte.

Gracias de nuevo por descargar este libro, y si realmente lo disfrutaste, deja un comentario sobre este libro para que otros puedan disfrutarlo también.